喜鹊人生

张晓芸 著

重庆出版集团 重庆出版社

图书在版编目(CIP)数据

喜鹊人生/张晓芸著.—重庆:重庆出版社,2014.9
ISBN 978-7-229-08188-1

Ⅰ.①喜… Ⅱ.①张… Ⅲ.①长篇小说—中国—当代
Ⅳ.①I247.5

中国版本图书馆CIP数据核字(2014)第129778号

喜鹊人生
XIQUE RENSHENG
张晓芸 著

出 版 人:罗小卫
责任编辑:钟丽娟
责任校对:胡 琳
装帧设计:八 牛

重庆出版集团
重庆出版社 出版

重庆长江二路205号 邮政编码:400016 www.cqph.com
重庆出版集团艺术设计有限公司制版
自贡兴华印务有限公司印刷
重庆出版集团图书发行有限公司发行
E-MAIL:fxchu@cqph.com 邮购电话:023-68809452
全国新华书店经销

开本:880mm×1230mm 1/32 印张:8.5 字数:150千
2014年9月第1版 2014年9月第1次印刷
ISBN 978-7-229-08188-1
定价:29.00元

如有印装质量问题,请向本集团图书发行有限公司调换:023-68706683

版权所有 侵权必究

目录

序

第一章
他们是彼此的毒药,也是彼此的解药　1

第二章
我们终究成不了佳人　62

第三章
20年的磨难似乎是一场短暂的午睡　118

第四章
终有一天你的眼泪会变成钻石　204

序

和晓芸相识于5年前,但挚友的缘分从未中断,她是个南方城市典型的"潮涵"(又潮又有内涵的女子),有着不俗的才情、谈吐和孜孜不倦的奋斗光环。

这本书描写的是都市中的男女爱恋,茫茫人海,人与人能够相识,相遇,相知,相恋,少不了缘分的牵线。爱,更多的时候是一种境界,倘若能豁达宽容地去爱一个人,这种爱一定会闪烁着人性的灼灼光芒。

作者的文字朴实明快,清丽脱俗,出色地使用了多线叙事的故事结构,勾勒出了一部情节起伏跌宕、主题耐人寻味的都市小说,并对人性进行了深刻、细致、动人的探讨,让读者在都市的浮华之外品出了一份难得的澄净逍遥。

其实人生就是一场场博弈,真诚与丑恶的博弈,忠诚与背叛的博弈,放弃与坚守的博弈。每一场博弈,都是一次灵魂的洗涤。

很喜欢文中的这两句话:曾经,他救活了她;如今,她救活了他。他们是彼此的毒药,也是彼此的解药。人的一生,都有一些说不出的秘密,挽不回的遗憾,触不到的梦想和忘不了的爱。这本书讲述了一个起伏跌宕的情感人生故事,我们在故事的背后还是读懂了一种充满关怀的、美好的人性温暖。

新的一年,希望看到晓芸更大的成就。

爱德华·兹威克
好莱坞著名导演,代表作《血钻》

第一章
他们是彼此的毒药， 也是彼此的解药

第一节

2014年的春天来得特别早，这个早春的空气中透露出一种凉爽、舒心，似乎还有一丝猜不透的味道。究竟是什么呢？唐莺懒得去想，大概春寒料峭的季节都代表着会有什么猜不透的变化吧，要么是快速进入夏季，要么还会再穿回厚重的冬衣。今天，唐莺开着自己这辆刚换了的新车赶去店里，这辆红色小宝马是她亲自挑的，最近运气有点背，选个红色冲冲喜吧。

今天的街上新增了许多植物盆景，绿化带里的郁金香在微风中盛开了，给这个城市增添了一抹时尚。天空中，偶然能看到飘飞的风筝和斑斓的落叶；街面上，略带哀伤的雕像和奔跑的儿童一静一动，相得益彰。只有那不知疲惫的人工泉，被假山环绕，飞溅的瀑布在阳光下述说斑斓。

路过十字路口的时候，前面的红灯亮了，唐莺还没把刹车刹稳，只听砰的一声响，自己的车身猛震了一下，得！追尾了！刚才还一片明媚的心情一下子黯淡了下来。

开门下车，后排冲上来一个40多岁的男人，模样斯文，一个劲儿地道歉。唐莺刚想发火，猛然瞥见对方脖子上挂着一个玉坠。那是个冰种带翠的观音，四指大小。观音面容慈祥，手拿玉净瓶，环绕杨柳枝，身下的莲花座通身满翠，甚为养眼。

"呦，真对不住，这事赖我，这事赖我。我刹车刚调修过，没掌握好，这样吧，我给你修车吧。"男人一看责任在自己，说话很是客气。

唐莺看看自己的车，新车后保险杠已经变形了，好在车身没大碍。但是这个愉悦的早上算是彻底报废了，今天的客户还等着去签婚庆合同呢。这接下来还要等保险公司理赔，等4S店定损，估计好几天都要搭进去了。

唐莺开了一家"喜鹊婚典"的婚庆公司，最近这阵子业务特别好，把店里的二三十个员工忙得不亦乐乎，钞票也像长了翅膀一样嘎嘎地飞来。

这个女人今年37岁，皮肤白皙，姿色婉约，那张古典匀净的脸上有一个若隐若现的酒窝，似乎总是盛满了笑容。因为保养得当，看上去顶多30出头。说来也巧，这个红娘创始人自己却至今单身。不是离异，也不是分居，更不是被人金屋藏娇,是的的确确的单身,她从未结过婚。很多她的顾客都诧异原因,唐莺却莞尔一笑,直言——说来话长,一言难尽。

此时,唐莺注意到对方开了一辆沙漠王,人高马大的,可气的是,人家毫发未伤。可是自己的小宝马后备箱已经变形,在太阳下咧着嘴巴,狼狈不堪。

"你看这样行不,你先开我的车去办事,我去给你修车,咱也别惊动保险公司了,要不然一套程序走下来,一点小事就变成过江龙了。"男人看唐莺不停地看表,知道对方有急事,于是提了此建议。

唐莺本想发火,可是意外瞥见对方脖子上戴的那个观音玉坠,一下子思绪抛锚,火气如瀑布般直线下降。唐莺想提议让对方把那个玉坠观音摘下来给她看看,可是对方以为她索要筹码,害怕自己跑掉,于是扑哧一笑,把自己沙漠王的钥匙塞进了唐莺手里。

"我的车顶你两个,放心吧,我不会跑的,而且我修车打折。"男人再次安慰唐莺,避开了翡翠观音的话题。

于是那个早上一切都乱了套,唐莺慌里慌张和客户取消签约,接着开着那个"追尾男"的沙漠王去银行排队提款办事,因为一位顾客的婚礼明天就要举行,店里还有很多项目尚未筹备呢。谁料唐莺的车还没走过两个街口呢,又一个红绿灯处,一个膀大腰圆的阔绰女人结结实实把这

辆沙漠王给拦住了。

"怎么回事,你干吗拦我的车?"

"你的车?亏你敢说!你到底是谁呀?怎么开我老公的车?这车牌号分明是我家的呀!""阔姐"身边还有一位女闺蜜,"对呀,徐曼,这分明是你老公的车呀,这女的是谁呀,莫不是他背着你在外面有人了吧?我说吧,上次我就见到一回,你还偏不信……"

"哎哎哎,你们乱说什么呀——"唐莺本想一走了之,可听她们俩说得越来越不靠谱,并且对方言行激动地拍打沙漠王的车玻璃。

"是这样的,我既不认识你老公,也和这辆车没什么关系……"唐莺下了车,一脸严肃。

"天下竟然有这么不要脸的人,坐在我家车里,竟然说跟这辆车没关系!110吗?我要报警,有人偷车——"对方毫不示弱。

"疯了!你干吗!"唐莺迫不及待让对方挂断了报警电话,"是这样,我刚刚被人追尾了……"此时的唐莺麻烦缠身,脑袋都大了,不厌其烦地跟两个女人解释着,可是对面的两个女人根本不信。

"真的假的呀?真能编!"大概女人的第六感都特别发达,没影的事都还要查个水落石出,更何况自己眼睛里看到了捕风捉影的镜头!

"给你老公打电话！我让你赶紧拨电话！"唐莺顾不得斯文了，大声咆哮。

于是"阔姐"拨通了电话，一阵咆哮和质问之后，两个女人的气焰总算缓和下来了，原来唐莺没撒谎，但是这个女人长得这么漂亮，事情恐怕没那么简单吧？"阔姐"由于长期不够自信，此刻依旧不依不饶。

"你俩不会是串通好，编好词来打发我的吧？怎么你们俩的说辞一模一样呢？""阔姐"不肯善罢甘休，还在寻找突破口。

"这怎么叫编好词呢，这本来就是事实嘛！不信你把你老公叫出来对质，我的宝马车还在他手里呢！"唐莺气坏了，这倒霉的早上怎么遇到这么一个无理的三八的野蛮的机关枪一样的女人呢？

本来唐莺还想要出这个"追尾男"的工作单位和家庭住址，以便询问那个"翡翠观音"的来源，可这下被这两个八婆一通闹腾，一点兴致也没了，自己差点被当成不耻的小三，游街示众，拳打脚踢，名声扫地，差点上辈子这辈子下辈子跳进黄河也洗不清了。于是当着"阔姐"的面，唐莺删掉了"追尾男"刚留给自己的手机号，并且快速还车，快速消失在那两个女人的视线里……

唉，这倒霉的早上……

原本以为这个插曲就这样很快过去了，可是此后的十

几个小时里,唐莺根本无法集中精力工作、思考和生活。那个翡翠观音的挂件一直出现在她的眼前,"这件观音怎么和我丢的那件这么像呢?简直是一模一样啊……"

翡翠是自然界一种神奇的玉石,喜欢它的人都相信它有灵性,特别是第一眼的缘分。所以唐莺第一眼的直觉非常重要,她不会看错,她骨子里的潜意识已经预感到对方的玉坠就是自己当年丢失的那件宝贝。

本来唐莺还抱着一线希望等着"追尾男"来还车时,自己再进一步打听打听。可是对方老婆生怕自己男人节外生枝,遂派了一个修车厂的小工来还车,顺便还给了2000元的"压惊费"。唐莺明白,这位夫人是害怕自己和她老公再有什么瓜葛,用这种聪明且大方的方式做了断。得!见鬼去吧!唐莺也是干柴烈火的脾气,完全学不会低三下四求人。可是气归气,恨归恨,咬牙切齿了半天依旧不死心,她不得不面对现实,这条线索算是断了……

在唐莺的记忆中,自己也有着这么一个翡翠挂坠。20年前,它真真切切地挂在自己的脖子上,也是这样的翡翠观音,也是这样的冰种满翠,也是这样的四指大小,甚至观音手中的玉瓶都是一模一样的造型。

可是自己那个玉坠在一次意外中丢失了,至今不知下落,其间无数次的寻找都石沉大海。那么这个"追尾男"究竟是谁?他是怎么得到这块翡翠观音的?难道这世上真有轮回这一说，莫非他身上的这块翡翠观音就是我千辛万苦寻找的宝贝？

唐莺的思绪凌乱了起来，许多往事像碎片一样纷纷向她袭来，昏黄的记忆把唐莺带到了那个痛苦、纠结，不愿意回忆的年代……

第二节

时光拉回到了20世纪90年代，那时的唐莺刚满19岁。她的父亲是A市一家啤酒厂的厂长，于是没考上大学的唐莺被父亲安排到厂里做了一名酿造工。

那时的唐莺青春洋溢，脸颊上有一个浅浅的酒窝，一颦一笑都是少女不知愁滋味的美好。

当时唐莺一家住在单位的筒子楼里，对门邻居叫穆阿姨，同时她也是唐莺在啤酒厂的师傅。穆阿姨人很老实，老伴死得早，一个人拉扯儿子长大。好在儿子很争气，医科大学毕业后分配在一家不错的医院做大夫。唐莺单纯善良，当师傅请她给自己儿子留意介绍对象时，唐莺一下子就记在了心里。

唐莺有个高中同学叫梁婷，当时在一家纱厂工作，性格开朗，长相甜美，很招异性喜欢。梁婷的父母都在外地郊区，因为家境贫困的原因她上学晚，所以她比唐莺大3

岁。梁婷一直羡慕唐莺的家庭条件,父亲是厂长,母亲在邮电局上班,家里房子明亮宽敞,所以她特别想找个市区的男友安家立业。于是热心单纯的唐莺,随即把梁婷介绍给了穆阿姨的儿子穆军。

穆军当年26岁,比梁婷大4岁,斯斯文文的,戴一副近视镜,他的眉中长了一个小痣,穆阿姨说这是有福气,一辈子都会吃喝不愁的。梁婷信以为真,一听说对方是医生,而且单位还分得有房子,就嚷嚷着急着见面。记得见面时,唐莺还特意选了一家茶馆,特意点了最有余味的明前龙井茶。

两人的见面比预期想象的好,那天的梁婷格外靓丽,一条粉红格子裙衬出了她亭亭玉立的身材。两人进展也非常快,大概梁婷的快人快语和明媚大方打动了穆军,两个月后两个人就谈婚论嫁了。小小年纪的唐莺成了名符其实的红娘,着实引来了工厂上下的关注,她一直为自己的身份兴奋着,连师傅穆阿姨也对这个小徒弟刮目相看了。

记得给梁婷当伴娘的时候,唐莺的父亲唐海洋曾经询问过她,你对新娘新郎的身世了解有多少?因为婚姻是一辈子的大事,可别将来人家两人过得不幸福,把这笔账算在你这个红娘头上!

唐莺那时刚刚高中毕业参加工作,哪有那么多社会经验啊,更想象不到社会和人心的复杂,所以压根没把父亲的话放在心上。但是很快,这场婚姻被父亲言中了。

大概是四个月后的一天,穆军突然找到了唐莺,说梁婷失踪了。"单位说她早就不好好上班了,迟到早退都成家常便饭了,现在干脆面也不露了。"唐莺此前到外地学习了两个月,刚一回来就听说梁婷已经一个星期没回家了。

"她都有身孕了,能去哪儿呢?"唐莺纳闷,接着两人找了梁婷位于外省郊区的父母家,对方说女儿根本没回来过。

"我总觉得梁婷好像有什么事瞒着我……"穆军沮丧又狐疑地叹着气,若有若无地抱怨着。

"你们吵架了吗?"

穆军摇头。

唐莺知道梁婷喜欢跳舞,她曾说过不想那么早要孩子的,是不是这个早来的孩子让梁婷心情不好,出门散心去了。

那时候一部手机要2000多元,大家都没有手机,所以联系很不方便。好在十多天后,梁婷自己又回来了。无论谁问她去了哪里,她都不回应,对唐莺也是一问三不知,只说去外地散心,钱花完了,就回来了。随后单位把梁婷开除了,梁婷也不在乎。

其间,梁婷提出了离婚,穆军很诧异,考虑到妻子已有身孕,不愿小题大做的穆军百般相劝,梁婷总算答应安

心生孩子了。

就在梁婷生完孩子的第 11 天,这个还没出月子的女人再次失踪了。这一次任何人都没能找到她,谁也不知道她去了哪里,谁也不知道她心里想什么,谁也不知道她拖着个产后的身体能落下什么大病……

这场婚姻让穆军伤痕累累。平心而论,穆军痴迷她的美貌,痴迷她的任性,痴迷她的谎言……早在婚后不久,穆军就觉得这个女人太任性,一会儿甜言蜜语,一会儿雷霆万钧,而且她不愿意谈她的家庭和她以前的事,还经常有穿帮接不上茬的措辞。

考虑到梁婷已有身孕,穆军一忍再忍,谁料想这种隐忍却在日后种下了如此大的苦果。现如今穆军抱着一个未满月的儿子又当爹又当妈,饱受非议,在家里苦等梁婷归来……

时间一天天过去,可是希望越来越渺茫。

于是,唐莺被穆家人推到了风口浪尖上。面对穆军一声声凄厉的质问,唐莺只能回忆起梁婷早前有个男朋友,好像是做外贸的,但是具体家在哪里,目前人在哪里,她一概不知。

"你对梁婷根本就不了解,竟敢把她介绍给我?"

"这个梁婷没准前面有别的男人,我只是个顶包的傻瓜!"

"你这个人怎么这么不负责任！我上辈子是不是欠你钱了，你现在变成小鬼下凡这么折磨我！"在报了案，找了梁婷家乡皆没有回音的情况下，身心崩溃的穆军开始向唐莺发难。

唐莺也很委屈，她只是好心做了个媒，谁料想会引来如此大的麻烦。早前她爸爸提醒她的话，此时才显得意味深长。

可是，更令人震惊的事还在后面。一天，恼羞成怒的穆军把唐莺叫到了一个公园里，然后什么也不说，把怀里的婴儿扔给了唐莺。接着他把一张医院的鉴定报告拍在了唐莺的脸上，并且用了世界上最肮脏的话骂了唐莺。穆军戴着一副近视镜，大概由于太气愤的原因，眼镜掉在了地上，他气急败坏地踩了又踩，瞬间成了一堆碎片。可是穆军还是不解气，硬生生又把玻璃碎片踩进了土里，这才拂袖而去。

唐莺至今还记得那些咒语，那些话辱骂得她根本无法站立，若不是她怀里抱着婴儿，她整个人会毫不犹豫地瘫倒在地……

唐莺脸上有一个浅浅的酒窝，以前的一颦一笑都是少女不知愁滋味的美好。可是从这次之后，唐莺的酒窝里似乎藏满了深深的哀愁，再也不会绽放出往日的欢快与悠闲……

随后,穆军走了,他辞职离开了医院,离开了这个城市,带着愤慨和耻辱,谁也不知道他去了哪里。究其原因是,他在等待妻子梁婷回家的这段日子里,备受屈辱和质疑。于是他在惶恐、愤怒和纠结中做了亲子鉴定,结果果然被这些长舌妇猜中了,怀里一个月大的儿子根本不是他的。

"这是圈套!这根本就是个圈套!"

穆军疯了,他恨死唐莺了,奇怪的是他此时反而不恨梁婷。他认为他和梁婷的婚事,红娘负有不可推卸的责任。唐莺肯定知道梁婷的前史,但是她隐瞒了这些情况,再加上梁婷那时估计已有身孕,着急出嫁,于是穆军这个老实巴交的大学生结结实实当了一回龟王八。

"你是世界上最恶毒的红娘,你干了件几辈子都让人诅咒的事,我要是有口气一定去扒你家祖坟!你这个挨千刀的、跳油锅的贱人!你把别人给毁了,你这辈子都别想好!好男人坏男人都死绝了,也没人要你!你走着瞧,你这辈子化成灰也嫁不出去……"

第三节

穆军的辱骂让唐莺足足在公园里撕心裂肺地哭了三个小时,待到浑身瘫软的时候,她才想起来自己怀里还抱着一个一个月大的小婴儿。这个婴儿该如何处置呢？穆军说他母亲听说这个孩子不是穆家的种后，当即就气病在床了，拎了把刀发了疯一样要找唐莺算账，所以把孩子还回去，根本不可能。

当唐莺抱着这个婴儿回到家时，唐家当即地震了。唐莺的哥嫂首先跳出来指责妹妹多管闲事，惹火烧身；唐莺的父亲痛心疾首抱怨女儿当初不听劝告；唐莺的妈妈虽然也数落女儿，但是心地善良的她还是接过婴儿去帮着冲奶粉……

接下来的日子里，唐家一家人都在为这个小婴儿忙碌着，因为这么小的孩子放在唐莺身边根本不现实。唐莺去梁婷的父母家打探梁婷的下落；唐家父母去穆军家看望生病在床的穆阿姨；而唐莺的哥嫂则马不停蹄地去寻找穆军回来……

谁料梁婷的父母早就不认这个女儿了。从询问中，唐莺得知父母眼中的梁婷讲吃讲喝讲排场，从不往家里寄钱还伸手向家里要钱，而且瞧不起生她养她的家庭。至于她的感情生活，父母承认她确实往家里带回过一个男友，但不是穆军。

"她的事我们不管，也管不了！"

"她成天埋怨我们没给她好的条件，没让她上大学，没给她安排工作！"

"俺们就是一农民,没那条件,瞧不上就走人。我们年岁大了,照顾好自己就不错了……"梁婷的父母都是农民,家里孩子也多,操碎了心,这个女儿已经由她去了。

唐莺在梁婷父母家碰了壁,结果唐父唐海洋在穆阿姨家也灰溜溜地碰了壁。穆阿姨气急败坏地诅咒和辱骂唐海洋,把上辈子的事都翻出来了。原来早年唐海洋追求过穆阿姨,但是最终两人没走到一起,唐海洋最终娶了家庭条件较好的孙茯苓,也就是唐莺的妈妈。那年头小地方的人其实圈子挺窄的,效益好的工厂就那么两三家,谈恋爱的对象其实绕来绕去也绕不过那些人,所以人生兜兜转转,总能轮回于此。

那时伤心的穆母很快就结婚了,但是孩子才满3岁,丈夫就出工伤死了。后来唐海洋碍于相爱一场,并且可怜穆阿姨的处境,于是把她招进啤酒厂做了一名酿造工。由于啤酒厂的效益不错,穆阿姨的家境稍稍改善了,单位还给她分了房子,于是这件往事就翻过去了,谁也没有再提。谁料想唐莺好心当红娘,阴差阳错地又节外生枝,使得这件陈年往事又再度被人掀了出来。

"唐海洋,你不是人!当初害我还嫌害得不够,现在又让你闺女来害我儿子!你说说,你安的是什么心!……这个野小子我不要,休想往我家里蹿!你要是再不走,我就去省纪委告你!告你贪污!告你耍流氓!就算是诬告把我抓起来，我也豁出去了！"

又是砸锅，又是撒盐，又是泼花椒水，唐海洋和孙茯苓灰头土脸地从穆阿姨家被赶了出来。此刻他们有火无处发，更是对闺女唐莺的多管闲事怒火中烧。孙茯苓还不知道自己丈夫和穆阿姨有这段前史，这下被人当场掀出，更是窝了一肚子的火，夫妻俩在回去的路上吵得一塌糊涂。

当晚回到家，唐莺被父亲一通暴打。这个孩子从小长到大，爸爸从没动过她一个指头，可是现在心里憋屈的唐海洋着实把闺女当成了出气筒。

唐莺的哥嫂整整坐火车找了7天，周边城市找了个底朝天，可是一无所获。谁也不知道穆军辞职去了哪里，连有病卧床的穆阿姨他都不管了，可见这个男人心中的怒火。

接下来的日子，唐莺被推到了风口浪尖上。在单位，大家都知道她白捡了一个孩子，好端端的大姑娘被迫当妈；在街坊，传得更离谱，都说这孩子其实是唐莺的私生子，只不过她和梁婷演了个双簧……

每次，唐莺好心拎着礼物去看望师傅穆阿姨，病床上的穆阿姨都会拿把刀子横在自己脖子上。她不想看见唐莺，她在赶她走，要知道儿子穆军是她全部的希望，可是现在这个优秀的儿子被婚姻失败打击得体无完肤，不知下落……

那个年代一个大姑娘去抚养一个小婴儿谈何容易，首

先没有母乳，其次孩子还需要定期体检，打防疫针，到上学年龄还要户口本、独生子女证、出生证明等等才能申请入学。唐莺的生活彻底因为这个小婴儿而打乱了，她白天上班委托母亲照料，晚上下班就没日没夜地看护这个孩子，一个青春年少的少女很快被折磨得憔悴不堪。

但是随后小婴儿还是得了一场严重的肺炎，那次差点要了小家伙的性命。由于家里人不待见，自己手头又紧，小家伙的病情一直恶化。后来不知道是听谁说木耳水可以治肺炎，唐莺就整夜整夜地熬木耳水，然后喂给小婴儿喝。谢天谢地，打吊瓶都没消退的肺炎总算用木耳水消退了。唐莺像抱宝贝似的把小家伙从医院抱回了家，于是她给孩子起名叫"小木耳"，谁让木耳水救了他的命呢。于是小家伙第一次有了自己名字——小木耳（大名穆耳）。

此后的半年时间里，唐莺一直生活在非议中，身边也发生了许多变化。穆阿姨病休卧床，一直无法上班，单位照顾她给她办理了内退手续。啤酒厂的效益每况愈下，于是有些早就看不惯唐厂长的蠢蠢欲动的人跑到上面告小状，唐海洋厂长的位置摇摇欲坠。更有甚者，直接说唐海洋有作风问题，现在他闺女唐莺也有作风问题，不然为什么好好的大姑娘会整天替别人抱孩子、替别人当妈？

在各种各样的舆论压力下，唐海洋怒火中烧地让女儿把小木耳送到福利院去，唐莺不同意，最终闹得要断绝父女关系，唐海洋无奈才悻悻作罢。这边母亲也苦口婆心地劝，可是唐莺还是下不了决心，她一直认为梁婷会回心转意来接孩子的。可是被疯言疯语裹挟的哥嫂实在受不了了，他们下了逐客令让唐莺搬出去！并且在一个雨夜，把唐莺的物品恶狠狠扔在了门外……

很快，唐海洋被这个不懂事的女儿气得偏瘫在床，吃喝拉撒只能让老伴伺候，还没到退休年龄就被单位那群告状的人从厂长的位置给拉下来了。唐莺的哥嫂还指望父亲给他们分房子搬走呢，这下是泡汤了。紧接着，唐莺哥哥原本定好的涨工资的名额，突然被人抢占去了，连半个字的解释也没有……

在一次下班回来发现孩子突然失踪之后，唐莺彻底害怕了，她知道家里人是再也容不下这个孩子了。于是唐莺妥协了，带着身上仅有的3000元钱，在附近城乡结合部租了一间小房子，带着小木耳艰难为生。

那时由于啤酒厂效益不好，唐莺又传出了那样的名声，所以早就被裁员了，而且已经失去收入来源多时。那时她为了谋生，给人送过开水，烫过衣服，当过保姆，卖过馄饨，这样艰难的日子过了半年多，可谓苦不堪言。

那时候的唐莺整夜整夜失眠，她不明白自己好心当了一回红娘，结果却弄成这样众叛亲离，遍体鳞伤。每当夜深人静的时候，唐莺就会回忆起穆军诅咒她的那些话

来——

"你是世界上最恶毒的红娘,你干了件几辈子都让人诅咒的事,我要是有口气一定去扒你家祖坟!你这个挨千刀的、跳油锅的贱人!你把别人给毁了,你这辈子都别想好!好男人坏男人都死绝了,也没人要你!你走着瞧,你这辈子化成灰也嫁不出去……"

那阵子,唐莺每天晚上收工回来都累得腰酸背疼,她望着没有奶水吃的小木耳,不知道这心酸的日子何时是个头。那段日子,隔壁搬来一个男邻居,他总是以借凳子借扫帚什么的为由来敲唐莺的门,唐莺也没有太过在意。谁料一个晚上,却酿成大祸。

那晚,对方又来借扫帚,唐莺困顿交加本不想开门,可是对方一直在敲门,没有停歇的意思。无奈唐莺怕吵着小木耳,起身开了门。谁料这个男人早就起了歹心,一下子就把唐莺逼在了床脚。唐莺拼死反抗,可是势单力薄,被对方压在了床上,由于嘴巴也被对方捂住了,连叫喊的权力也给剥夺了,唐莺心在滴血。眼看对方就要得逞了,唐莺闭上眼睛听天由命,脸上布满了挣扎的血痕……

情急之下,小木耳突然醒了,他似乎意识到了唐莺的危难,拼命地大哭起来,这哭声惊天动地,毫不停歇,在关键时刻恰恰救了唐莺的命。很快就有其他邻居前来这里救援,那个强奸未遂的男邻居以迅雷不及掩耳之势逃跑了,再也没敢回来……

　　小木耳竟然在关键时刻救了妈妈一命，唐莺抱着小家伙泪如雨下。至此，唐莺对这个相依为命，并救了自己一命的小家伙更是爱不释手，千般滋味在心头……

　　城中村的平房治安本来就很差，出了这件事后，唐莺知道自己无论如何不能再在这儿住下去了。随后她到处找房子，结果找来找去不是因为价钱不合适就是因为地段太偏。巧的是，一天唐莺发现了一家婚姻介绍所正在转让，这家店位置一般，虽然也是平房，但是门面很宽敞，前面可以营业，后面可以住人，关键是转让费很便宜。

　　平心而论，唐莺这辈子不想再跟婚介所打交道了，她听到"红娘"这两个字浑身就会起鸡皮疙瘩，可是命运似乎偏偏要把她和婚介所往一起纠缠，甩也甩不掉，此时的唐莺不知该何去何从……

第四节

　　那时的唐莺一天也不想在城中村住下去了，这里周遭都是垃圾箱，塑料饭盒、烟头、大便、卫生巾遍地，臭气熏天。由于这里的公共厕所早上起来要排队，所以很多人都就近解决。

　　可是唐莺是个讲究的人，她做不出那种丢人现眼的事。

那时候正值冬天，不放心小木耳安全的唐莺只得抱着孩子上厕所，好几次冻得小木耳高烧不退。这个夜晚，唐莺迟迟未睡，看着在夜风中摇曳的窗棂，以及漏雨的屋子和屋内贫寒的家什，这里真没什么可留恋的，唐莺下定决心要搬家。

可是这时唐莺已经下岗，没了生活来源，打杂工的报酬只够生活开销，根本没有多余的钱租房。无奈之下，她硬着头皮去了妈妈家借钱。好久都没回家了，那天唐莺抱着小木耳敲响了家里的门，谁料嫂子一看见门口站着的这俩人气就不打一处来，摔桌子瞪眼，还把火炉子棍摔得啪啪响，吓得小木耳哇哇大哭。

唐莺无奈只得直来直去向妈妈借钱，孙茯苓听完很心酸，她背着儿媳妇给了唐莺 700 元钱。谁料，唐莺一个闪身没留意，嫂子把沾过辣椒油的棒棒糖放在了小木耳嘴里，辣得小木耳上气不接下气，哭声撕心裂肺。孙茯苓训斥儿媳妇，可是嫂子根本不以为然，强行辩解是自己把辣椒油当成蜂蜜了……

心里在滴血的唐莺顾不得跟妈妈告别，抱起小木耳便夺门而去，她知道这个家根本容不下这个来历不明的小杂种，再待下去小木耳肯定会不明不白丢了性命……

唐莺那天下午打车径直去了那家位于闹市的婚介所。这是唐莺参加工作后第一次打车，她从小就是个孝顺的孩子，所以父母每次给的零花钱从来都省着用，更没有乱花过钱。能走路去，坚决不骑车；能骑车去，坚决不打车，但是今天，唐莺破天荒地打了车，总共花了37元，那张打车票直到现在她还留着。

那天下午，唐莺毫不犹豫地盘下了这家名为"喜鹊人生"的婚介所。店老板是个要转行的中年女人，直言这年头生意不好做，自己这一年根本没赚钱，还要倒贴房租，所以赶紧转让。

傍晚时分，唐莺已经把屋子收拾出来了一个简单的模样，这时她雇了一辆三轮车把自己的一张双人床，一个大衣柜也拉了过来，再加上原来店主有一张写字台，这个简单的家就算大功告成了。小木耳吃了米粉后，哼哼唧唧地睡着了，留下唐莺一个人坐在屋内发呆。

回想自己这一年来的遭遇，唐莺恍然如梦，那个该死的梁婷根本不知去向，不见踪影，弄得现在要自己去收拾这个烂摊子，并被所有人当混蛋一样谴责。红娘这种事是坚决不能再干了，连爸妈这辈子的清白和美好都被这两个字给毁了。

唐莺决定把这个门面店的前半部分转租出去，卖手机、卖水果、卖五金都可以，这样可以减少一些生存压力。想到这里，唐莺搬了个凳子决定去把店门上"蓝天婚介所"的牌子摘掉，谁料她个子不够高，气力不够大，折腾了20

分钟,牌子纹丝不动,唐莺只得悻悻作罢,待到日后再想办法。

很快,唐莺把前面的店铺租给了一个卖 BP 机的商家,好歹租金可以够娘俩的生活费了。那些天唐莺总算可以有心情梳梳头、洗洗衣服了。你别说,自从小木耳来到了唐莺的身边,本来很爱美的唐莺被生活折磨得体无完肤,19岁的年纪已经彰显憔悴,嘴唇干裂,皮肤暗黄,眼角都累出了皱纹。今天唐莺平心静气地坐在镜子面前化了化妆,腮上打了腮红,唇上擦了唇膏,酒窝里灌满了幸福的美酒,很快一个姿色婉约的漂亮女人又重新回到了大家的视线里。

还没等唐莺好好享受这一刻的美丽呢,一个愣头愣脑的男青年闯进了她的店。唐莺问对方什么事,对方一张口就让唐莺给他介绍对象。唐莺有些纳闷,说:"我这儿不是婚介所啊。"男青年不解:"你不是婚介所干吗挂婚介所的牌子啊?"

原来那块没摘的牌子惹了麻烦。正好这时,原来的老板娘回来取东西,她从柜子里取出了三摞子先前婚姻登记的会员资料,掉在地上散落的一些女人的照片引起了男青年的兴趣。在他的再三恳请下,老板娘和唐莺帮他物色了一个女对象,并且答应稍后几日,介绍两人见面认识。

男青年很痛快地掏了服务费,结果好心的老板娘得知唐莺不易,把这笔钱转给了唐莺。唐莺说什么也不收,可对方坚持，于是收下。随后两人闲聊起来了，老板娘说："你现在既然也不能出去找工作，还不如把婚介所这一摊事接过去，有一单没一单地做着，可谓是放羊拾柴火。"唐莺本来是很抵触，可是经不住老板娘的说辞，想想自己暂时也无法出去工作，于是默认答应了。老板娘随即把那三摞子的会员资料给了唐莺。

几天后，男青年如约见到了女青年，两人情投意合还很满意，顺理成章地建立了恋爱关系。这边传递给唐莺的信息，令唐莺很是欣慰。她想，怎么说这份工作也是积德行善的，目前手头紧，索性先干着吧。

那些天，唐莺脸颊的小酒窝一直漾着浅浅的笑，谁料还没等到唐莺享受这份幸福的喜悦呢，市公安局的刑警竟然找到了她！

第五节

公安人员第一句话就问："你跟孙某某是什么关系，为什么给他介绍对象？你们认识多长时间了？他都对你说过些什么？"

这阵势一下子把唐莺吓傻了，她以为自己犯了什么大错，站在那里结结巴巴不知所云。民警口中的孙某某其实就是前阵子来店里要求唐莺介绍对象的男青年，原来这个

卖服装的个体户是一个外地被通缉的潜逃犯,他犯的是过失致人死亡罪,目前已经潜逃了6年多,警方好不容易在他约会时发现了他的行踪,因此火速抓获。

由于唐莺的这家婚介所位置不处于闹市,而且过往人员也不多,所以一直寡然一身的孙某某选择了这家店来试试运气,结果对方还真的给他介绍了一位女朋友。孙某某毕竟单身五六年了,况且这些年一直风平浪静,他索性放开了胆,带着新恋人频频出入餐厅酒店。结果,被锁定目标。

好家伙!唐莺的开门红就让公安局刑警的一张逮捕证给搅黄了。至此,女方的家长哭爹喊娘要找唐莺算账,还大骂唐莺赚黑心钱!唐莺委屈地大哭,随即给老板娘打电话,可是至此老板娘的电话一直关机,再也打不通了。唐莺听遍了这世上最难听最恶毒的辱骂,她擦干了眼泪,她知道自己解释什么都白搭,她明白自己这辈子都和"红娘"结下梁子了。只要一干红娘,身边的人就会倒霉……

那个租BP机摊位的店主,一看这阵势,马上要回了自己这个月交的一半租金,然后转身走人了,只留下唐莺一个人收拾残局。今天下午这帮女方的亲戚,又砸又摔,整个店里被他们搞得乌烟瘴气,玻璃、木条、纸片满地都是,连唯一的一张床都被他们砸断了一条腿。无奈,小木耳只得先在写字台上勉强入睡……

又是"红娘"惹的祸！至此，唐莺再也控制不住情绪，抽出那三摞子会员资料，撕了个粉身碎骨，片甲不留。这时，她仍然打不通老板娘的电话，随后隔壁一位店主邻居道出了隐秘。原来老板娘已经预收了很多会员的服务费，可是她转让店面之后，这些钱她也没有退回去，而且那些顾客仍会让她来继续服务，于是她让懵懵懂懂的唐莺当了她的替罪羊……

唐莺已经够倒霉了，老天还要这么捉弄她！痛定思痛之下，彻底死心的唐莺决定赶紧把店面盘出去，这意味着她即将又要面临着搬家。

可是，这家门面好似一个烫手的山芋，根本没有人接盘。无论唐莺一降再降租金，还是无人问津。但是盘店的人没来，找茬的人却不依不饶地来了……

来人叫徐珊珊，是一位家具厂的女工。她说这家婚介所的老板娘收了她600元的服务费，打包票说负责一年给她介绍对象，直到她找到满意伴侣为止。可是前面介绍的四个男青年，徐珊珊都不满意，老板娘许诺继续给她介绍，可是没信了。这不，徐珊珊觉得上当了，甩个脸子找来了！

唐莺说什么也不可能再去给别人介绍对象了，她已经吃够了当红娘的苦，可是无论她怎么解释自己和这桩事无关，徐珊珊都不肯相信，她不依不饶地让唐莺退钱！

可是现在的唐莺哪有什么闲钱退给对方啊，自己的700

元钱全都交给了原来的老板娘,这个大忽悠女人甩下一个烂摊子,自己消失得无影无踪。唐莺一把鼻涕一把泪把前前后后的经历讲给徐珊珊听,徐珊珊看着对方怀里抱着的小婴儿,态度终于缓和了下来……

夜色慢慢降临了,两个女人拉起了家常。徐珊珊无意中说到自己曾去啤酒厂应聘过,但是最终厂里没录取,可是那位负责招聘的老厂长态度很和蔼,自己至今还对他有着深刻印象。这句话让唐莺心头一热,那个老厂长应该是自己的父亲,她在想对面这个女人多多少少也算是个有缘人吧。

接着徐珊珊说起了自己的感情经历,她说接触这几个恋爱对象以来,感觉来感觉去还是觉得第一个男青年不错,只是自己当时太过傲慢,毫不留情地拒绝了对方,甚至连一个电话也没留。

徐珊珊说的这个男人叫刘大象,在税务局上班,年龄比她大3岁,只是个子有点矮,但是人很聪明勤快。"你再帮我查查他的电话吧。"徐珊珊的这句请求让唐莺很是为难,因为几天前的晚上,心灰意冷又恼羞成怒的唐莺已经将那三摞子会员资料全给撕碎了,现在去哪儿找那些电话号码呀?

可是徐珊珊不死心,她问唐莺垃圾扔了吗?唐莺摇摇头,这几天忙得焦头烂额的她果真连垃圾也没顾得上扔。

随后徐珊珊解开了垃圾袋，一片一片找出那些会员资料，开始拼接。唐莺劝她别费心了，没准那个老板娘根本没把全部的会员资料转给她；没准刘大象根本不在这个资料档案里；再联想到那个化名的通缉犯，没准刘大象根本就是个假名……

可是世上的事偏偏要讲缘分，徐珊珊和唐莺果然找到了刘大象的资料，还拼出了他的电话。紧接着唐莺把电话打过去了，随后刘大象接了电话，随后徐珊珊和对方联系上了，再随后两人就喜结了连理。

记得那天天空特别蓝，白云特别耀眼，徐珊珊和刘大象抱着半袋喜糖给唐莺送来了。在那温暖的春风里，唐莺第一次觉得生活有点甜……

第六节

唐莺毫无疑问地成为了徐珊珊和刘大象的红娘，随后两个女人也成为了好姐妹。但是唐莺始终没有把小木耳的来历告诉对方，她只说是亲戚的孩子，帮忙照顾。因为她要生存，她无法启齿，好在大大咧咧的徐珊珊也没有再追问唐莺的感情经历。

唐莺原本以为自己可以平静地生活一段时间，谁料刚刚过了两天的平静日子，一桩棘手的麻烦又找来了……

城市改建要拆迁，这家婚姻介绍所被列为强拆之列，道路两旁的平房门面全部打上拆迁的字样，要求赶紧搬迁。要说唐莺运气极背，要多背有多背。之前由于门面一直盘不出去，加之徐珊珊的喜事给了她好的预兆，她改变了初衷，铁了心要战胜一切困难，一门心思把红娘当到底。于是刚刚花钱装修了门面，现在——这笔费用又要打水漂了！

那些曾经在这里交过服务年费的婚姻登记会员，看到这里要拆迁的消息，纷纷冲向唐莺的店里索要服务费，一时间店内人声鼎沸，乌烟瘴气，不绝于耳的骂声越来越气势恢弘，整个房间都笼罩在喷薄的荷尔蒙里。随后，连派出所的民警都来了，最终唐莺被请到了派出所……

好在税务局的刘大象通过一些关系来替唐莺说话，并且阐述了这里面的实情以及唐莺的困难，派出所民警示意唐莺赶紧关门消失，最终这件事不了了之。

躲藏在家的唐莺心情万分沮丧，无论她怎么拨打先前老板娘的电话，对方都传来关机的声音，万念俱灰的唐莺搂着小木耳哭得痛不欲生……

这时已经和唐莺成为知心朋友的徐珊珊听说了对方的处境后，心生同情，她从同事那里得到一个消息。徐珊珊的一位同事说，自己的台湾亲戚从台湾回东北经商，正在到处找一个有素质的保姆，薪水给得很高，而且包吃住。这一年来遭受的多舛命运，令唐莺有了逃离这个城市的想法，她动心了。

但是小木耳怎么办呢？唐莺央求对方能不能带着儿子一起过去，可是对方的回复是否定的。这个回复让唐莺有些丧气，自己无论如何不能撇下小木耳呀，不然这个小孩子放在哪里呢？谁来照料呢？如果出了意外，将来小木耳的父母找自己要人，自己又该如何交代？

唐莺回了趟家，去找了妈妈。当她把自己的想法说出后，妈妈就犹豫了，因为家里还有嫂子和哥哥呢。就算老两口能耐着性子忍受流言蜚语帮女儿带孩子，可是哥嫂会不会甩脸色看呢？小木耳会不会受冤枉气呢？

正说着呢，唐莺的嫂子下班回来了，一看小姑子来了，又是没有好脸色。这时，唐父也下班回来了。嫂子质问公爹，什么时候才能给他们分一套自己的小平房？这都结婚五年了，还和父母挤在一起住！寒碜不寒碜啊！

唐莺的哥嫂都是啤酒厂的职工，由于唐莺弄出了"大姑娘养孩子"这桩丑事，所以害怕嚼舌头的哥嫂彻底和这个妹妹划清了关系。现在虽然唐莺搬出去住了，可是哥哥涨工资的指标被人顶了，嫂子成天被人戳脊梁骨，这股恶气还是要撒在唐父身上。

唐父虽然是啤酒厂的厂长，但是由于厂里效益一直不好，前阵子一直下岗裁员，所以分房子这件事竞争激烈，还不能操之过急。

"分房子的事可能暂时得缓缓,我刚刚给你们借了一间平房,你们要是不嫌弃,打扫打扫,明天就可以搬过去了。"唐父的这句话让嫂子为之一震,但是这个难伺候的婆娘还是故作矜持地板着一张脸:"呦,借的房子迟早是要还的呀!哪有自己家的房子住得安心……"

"爱住不住。"唐父把钥匙扔在了饭桌上。

嫂子一把抢过了钥匙,她嘴上虽这么说,但是手里马上拿着扫帚和拖把狂跑出门了。她去打扫房子去了,家里总算安静了下来。

唐父看着女儿憔悴的脸颊,也不免心疼,可是单位的流言蜚语着实让他抬不起头来,做父母的这时可谓进退两难。

"你说说你这个姑娘,当初不老老实实上班,非要去给别人介绍什么对象!我早就告诉过你,这种事要慎重要慎重,你偏不听!现在拖着个孩子,弄得家不像家,工作没工作!真是活该!"

父亲骂完了,心里解气了,看着唐莺满脸泪痕的脸颊,心软了。

"小莺,你去东北吧,我和你妈先帮你看着这孩子。等到他父母回来了,我们完璧归赵。"唐父的这句话吓了唐莺一跳,父亲为什么突然改态度了,莫不是自己这段时间的窘境父母全知道了,可怜天下父母心啊!

唐莺哽咽了，唐爸爸示意她什么也别说了，他从里屋拿出了2000元钱递给闺女。唐莺执意不接，父亲不依不饶，使劲把这个钱摔在了面前的饭桌上。"拿去!"

唐莺无奈接过这个钱，羞愧得泪流满面……

最终唐莺把"儿子"小木耳留在了母亲身边，自己千里迢迢去了东北。

第七节

唐莺坐上火车的那一刻，对小木耳有了深深的不舍。

这半年中唐莺和小木耳结下了深厚的感情，特别是小木耳那次雨夜救了差点被强奸的唐莺一条命，致使唐莺对这个小家伙产生了深深眷恋。不然自己失业又失身，那些捕风捉影的谣言不仅可以吞噬她的生命，也会让唐莺的父母永远生活在丑闻之下……

唐莺下定决心，自己在那边一旦站稳脚跟，就把小木耳接过去。如果小木耳的父母永远不来要孩子了，自己则永远不和小木耳分开，哪怕嫁不出去也绝不改变初衷。

几天后，唐莺坐了一天一夜的火车，辗转来到了东北地区的一个城市。经过一番寻找，唐莺终于来到这个台湾商人的面前。

台湾商人姓龙名锐，是一位50多岁的儒雅男士，他的

法令纹很深，慈祥中透着威严。恍惚中唐莺听母亲说过，法令纹又宽又深的人都很有福气，想必龙先生就是。他的女儿在加拿大上大学，目前他的夫人陪同他到内地淘金。龙太太身体不太好，有心脏病，右腿做过手术，偶尔需要坐轮椅，所以日常琐碎的家务事干不了，需要请保姆。

唐莺注意到龙先生家摆放了许多翡翠玉器工艺品，闲聊中得知这些都是身价百万的上乘货，龙先生原本是做玉器生意的，现承包了这边一片葡萄园，做起了酿制葡萄酒的生意。由于家中宝贝上千万，所以不敢随随便便请保姆，于是千挑万选选中了熟人介绍的唐莺。

龙先生的家，装修得非常考究，一些古董摆件随处可见。宽阔的阳台上垒着切割完美的水晶墙，纯金的丝线绘出墙壁的图纹，大灯全开时流光溢彩。屋内全是上等的紫檀家具，楼梯的扶手上雕着各式各样的怪兽头像，在日光下发出幽幽雅雅的光，条案上的黄铜蟾蜍香炉里燃着奇楠香。这似乎是唐莺在电影里才能见到的画面。

俨然，龙先生是个有身家的人，唐莺想，也许自己可以在这里赚到一些钱吧。

当时20岁的唐莺模样俊俏，举止大方，而且和小木耳相处以来练就了一手好厨艺，话不多，干活麻利，颇具大家闺秀的风范。

她发现龙先生和龙太太的口味很淡，喜欢菜里放糖，喜欢把水果入菜。比如炒肉时喜欢放点荔枝或者菠萝，特别注意养生。于是唐莺用了三天时间学会了一道糖醋菠萝排，深受龙先生喜爱。可是龙太太吃素，她不吃荤菜，这道菜很难满足她的胃口。于是唐莺又费尽脑筋研究出了一道既有卖相又有营养的南瓜盅蒸水蛋。龙太太喜欢吃蒸鸡蛋，但是经常吃，口味就腻了。于是唐莺把一个灯笼南瓜掏空，在里面蒸上水蛋，再放些香菇丁和荔枝丁，口感不亚于大饭店。龙太太吃得赞不绝口、爱不释手，对小保姆唐莺大加赞赏，一瞬间拉近了两人的距离。

渐渐地，龙太太把唐莺当成了自己人，好几次问起对方为什么这么年轻出来当保姆的话题，难道不想爸爸妈妈吗。唐莺无法启齿，不知该怎么回答，只得说自己和父母吵架了。龙太太为此还在五一假日给唐莺放了三天假，让她回去探望父母，可是唐莺找托辞拒绝了。

龙先生大部分时间都泡在他的葡萄园里，午饭几乎从不回来吃，所以唐莺在龙家的工作量其实并不大。她每天早上起来先打扫卫生，然后侍候龙太太洗漱，然后做早餐，龙先生吃过早餐就会去上班。接下来唐莺会去附近的菜市场买菜，然后是烧午饭，吃过午饭龙太太会午休一会儿。午休起来后，唐莺会推着她去外面晒晒太阳，接着便是大把大把的闲暇聊天时间。

有一次，龙太太心血来潮地要唐莺推着自己去先生的葡萄园中逛逛。唐莺也想去看看,于是应允。当唐莺满头大汗地推着龙太太到了葡萄园后,谁料出去办事的龙先生却不在。

可是这个葡萄园的景色着实把唐莺吸引住了。眼前的葡萄园深绿浅绿连到天际,一串串青紫色的果实挂在枝头,仿佛丰收的大本营。远处的园边种了一片薰衣草,浅紫深紫,朦胧如画,再抬头望天,风轻轻云淡淡,天空湛蓝如宝石。

眼前,一群工人正在采摘葡萄,接着大批洗干净的葡萄被丢进大酒缸里,许多年轻的女工脚上套着食品袋在用自己双脚踩碎葡萄,为酿酒做准备,鲜红的葡萄汁溅在他们的脸上、胳膊上和衬衣上,一派青春洋溢的气息……

这时,龙太太告诉唐莺,龙先生原本玉器生意做得很大,他压根就没想到自己会做葡萄酒的生意。可是后来龙太太有一次突发心肌梗死后,龙先生吓坏了,虽然龙太太有家族病史,但是当龙先生得知葡萄酒对心脏病有辅助疗效后,毅然决定从中国台湾搬到内地从事酿酒的事业。

"东北是他千挑万选才选定的地方,因为这里盛产名酒,而且工艺精湛,历史悠久,所以我们下了很大决心在这里安家。不管他酿的酒能不能对我的病有帮助,他这份心我都会很感动。"龙太太的这番话令唐莺惊呆了,原来世上有这么感人这么缠绵的爱情啊,连自己都被感动了。

可是唐莺的爱情在哪里呢？一想到自己的遭遇以及穆军的咒骂，唐莺的心就凉了，也许自己这辈子都与爱无缘了，算了，自己还是先当好保姆吧……

由于唐莺原本就是啤酒厂的，所以对造酒工艺也分外熟悉，那些唱着歌踩葡萄汁的女工感染了她，一次工厂忙不过来，唐莺主动提出了去果园帮忙的想法。

这正合了龙先生和龙太太的意。因为唐莺来了之后，工作量也不大，他们一直想着如何把对方弄到果园里去帮忙。结果心无城府的唐莺张口就答应，搞得对方好不开怀。

就这样，每天下午有3个小时，唐莺要去葡萄园上班，于是情不自禁地加入了那些踩葡萄汁的酿酒队伍。

那天唐莺穿了一件绿色碎花连衣裙，长长的头发盘在了头顶，额头上有些碎发垂了下来，阳光打在上面散发出浅浅的金色，像个恬静的洋娃娃。那张古典而匀净的脸上，藏着一丝婉约清丽，远远望去，美得惊人。

唐莺和那些工人们一起手拉着手，卖力地踩着葡萄，葡萄缸里裸露着唐莺雪白的脚踝，鲜红的汁液肆意飞溅，飞溅到他们年轻的笑脸上。那一刻，唐莺才发现自己好久都没有笑过了，那个久违的酒窝又重新飞回到了唐莺的脸上……

那天下午，唐莺发现其实自己身边拉手的那个人是位男士，不是女生。

这个身材挺拔的男士一直在偷偷地端详唐莺，他觉得这个女人那么娴静，那么清丽，那略带稚气的甜美笑容，仿佛坠落人间的天使。

唐莺一直记得那天他们一边干活，一边唱着一首歌，那首《万水千山总是情》的歌曲伴着唐莺度过了一个难忘的下午。直到若干年后，唐莺再次听到这首歌时，她仍会怦然心动。

"莫说青山多障碍/风也急风也劲/白云过山峰也可传情/莫说水中多变幻/水也清水也静/柔情似水爱共永/未怕罡风吹散了热爱/万水千山总是情/聚散也有天注定/不怨天不怨命/但求有山水共作证"

那天晚上，唐莺裹在被子里沉沉地睡去，也许喝了酒的缘故，她感觉自己的身体好像躺在一片竹林里，四周是静谧的竹香，感觉有一只温暖的大手在她的脸上轻轻抚摸着，有一个声音赞叹道：你是一个漂亮的女人。

第八节

几天后，龙先生要在家里办个小型派对，吩咐唐莺多做一些菜肴，并且把自己葡萄酒厂酿造的好几瓶顶级葡萄酒拿出来招待客人。唐莺3天前就开始鸡鸭鱼肉的宰杀和准备了，她的松鼠桂鱼、蟹粉狮子头、坛子鸡、粉蒸牛肉、清炒南瓜盅都是客人们亲点的热门菜。

那天晚宴开始前，龙先生让自己工厂的一位同事来家里帮忙，这个叫戴志强的男人手里捧着一个木制的啤酒罐就进门了。由于啤酒罐太大挡住了他的脸，所以当他放下啤酒罐时，唐莺终于看清了，原来这位来者正是那天葡萄园里和自己拉手踩葡萄的那位男士。

今天的戴志强穿了一件白衬衣，越发显得身材挺拔，玉树临风。他的身上有一丝淡淡的烟草味，这个味道给他增添了不少魅力。

这个啤酒罐里装的是龙先生葡萄园自酿的葡萄酒，已经封存两年了，想来味道一定不错。

由于龙先生还没回来，龙太太又帮不上什么忙，所以手忙脚乱的唐莺在厨房里忙得团团转，戴志强见此，主动过来帮忙。

唐莺正在准备坛子鸡，她已经用了七八种调料精心腌好了一只土鸡，正准备放在坛子里煨熟，结果前来帮忙的戴志强一个抢步，拎起坛子递过去，结果他手滑，唐莺一个趔趄没接住，坛子摔碎了。

客人马上就要到了，唐莺这下可慌神了，她冲着戴志强大发雷霆。本来戴志强还有些许歉意，但是对方这么一发火，他的火气也上来了。"好啦，别发火了，我知道厨房里还有一个砂锅，可以应应急。"

接着戴志强上蹿下跳地在厨房里翻腾了一番，果真找到了一只砂锅。可是砂锅太小，土鸡太大，没法整只放进去，唐莺依旧不依不饶。戴志强说干脆把土鸡斩碎放进去算了，反正大家吃的是鸡肉，又不是吃卖相。唐莺说你们男人怎么那么糙啊，龙太太是很讲究的人，我都已经报了菜谱了，这下怎么交差啊！

戴志强被这个女人折磨得无话可说了，干脆掏出了200元钱放在了厨房的桌子上。"他们要是扣你的工资，这钱我出了，这是我欠你的，我认了。"

"谁要你的钱！"唐莺说了一句家乡话，这句家乡话一下子使得戴志强眼前一亮。

"你也是A市人？"还没等唐莺回答，戴志强自报家门说两人是老乡。这时唐莺的态度稍稍好转，"哦，原来我们是老乡啊，真是巧哦。"

此时戴志强主动提出一种家乡菜糯米鸡的做法，唐莺同意。接下来两人配合得非常好，戴志强负责浸泡糯米，唐莺负责将鸡块裹上糯米。接着唐莺把糯米鸡块再次整齐地摆入砂锅内，放在小火上慢慢煨着。

蓝色的火苗在两人眼前跳跃，厨房里的温度很高，使得唐莺脸上有了胭脂的颜色，美丽、恬然、平静隽秀，又散发着活力……

"干吗这么小出来当保姆?"戴志强忍不住问了这个问题,可是唐莺不想回答。

她问对方:"为什么你会千里迢迢来这里?"这个问题似乎戴志强也不想回答。

于是两人谁也没回答谁的问题,空气陷入了静止的美丽。

但是戴志强的眼睛一直停留在唐莺的背影上,她忙碌的样子很惹人怜悯,谁家父母会舍得这么小的女儿出来当保姆呢?她那欲言又止的表情背后果真藏有什么秘密吗?

戴志强比唐莺大六岁,今年25岁的他毕业于一所农业大学,曾经在一所职业中专兼职教授果树栽培课程。由于他有一手酿造葡萄酒的绝活,所以目前在龙先生的葡萄园里负责酿酒工作。但是来这里已经8个月的戴志强,从没想到自己会在异乡碰到一位这么美丽的老乡。

这时,戴志强突然发现自己脖子上一直佩戴的一枚玉佩不见了。刚才在上下翻腾着找砂锅的过程中,他几次低头玉佩都碰到了橱柜,所以嫌碍事的戴志强顺手摘掉,放在了一旁。可是现在去找,却找不到了。

唐莺听说对方丢了一枚价值好几万的玉佩,一下子神情紧张了起来。老天,这间厨房就我们两个人,难不成他要怪我偷了他的宝贝?!这家伙可够阴的!刚刚看似我白赚了200元，可现在我竟要吐出来5万元！苍天作证啊！

唐莺的抱怨使得戴志强很不好意思，他解释说自己并没有讹诈对方的意思，只是那枚玉佩是龙先生送的，很有纪念意义，所以一时找不到了，分外心急。

唐莺虽然嘴上对戴志强不满，但是心里还是挺着急的，毕竟那年头几万元可是个天文数字。结果两人挨着桌台到处翻找，可是一点影子都没有。

最后唐莺都泄气了，这时她突然发现火上的砂锅快煳了，赶忙用筷子去搅拌，终于在砂锅的糯米鸡里找到了这枚玉佩。原来唐莺在将鸡块裹上糯米的时候，也许不小心粘住了玉佩，从而使得它跑到了砂锅里。

还好，由于水凉火小，温度还没上来，所以玉佩毫发未伤。戴志强一看玉佩完好无损，兴奋得手舞足蹈，他说这枚翡翠观音是自己的幸运符，上个月就有两次化险为夷的事情，所以自己特别珍惜。

唐莺一看对方找到了，也很高兴，长舒了一口气。今天的事，两人一报还一报，谁也不欠谁，扯平了。玉观音再次戴回到戴志强的脖颈上，这时唐莺才注意到这枚翡翠观音浑身通透，水润欲滴，观音身下的莲花座通身满翠，甚为养眼。

"这可是龙先生送给我的藏家宝，你不问问他为什么送给我吗？"

"我有那么想知道吗？"唐莺不恭不媚的样子甚为可爱，惹得戴志强不免多看了她两眼。

这时唐莺突然发现戴志强脖子上串玉佩的红绳松开了，于是她建议对方摘下来，自己帮它重新系一系。

于是这块玉佩重新回到了唐莺的手里，唐莺把红绳重新编织了一下。瞬间呈现出两股麻花瓣的绳子，在连接玉佩的地方，唐莺编了一个红色的中国结。

而这个红红的中国结一下子让戴志强有了一种家的感觉。的确，眼前的女子在第一眼看到她时，就觉得她是自己的妻子，难道这是幻觉吗？

可是窗外的阳光强烈，一切都显得那么真实啊！

当唐莺把重新系好红绳的玉佩递给戴志强的时候，戴志强轻轻说了声谢谢。

唐莺没有接话，笑了一下，露出那个浅浅的酒窝。这个女人就是这么善解人意，每一个侧面都散发着魅力，坚毅、笃定、宽容、温情……

"玉通灵性，你对它好，它对你好。"戴志强的这句话深深印在了唐莺的脑海里。

可是唐莺并不知道，这枚玉佩却是她劫数的开始。

那天的聚会很成功，龙先生谈成了一笔大生意，而且菜肴和美酒都很给聚会加分，特别是戴志强再次演奏的那首《万水千山总是情》，一下子让唐莺有了浓郁的家乡回忆。她沉浸在音乐里，感觉自己不再孤独……

"莫说青山多障碍/风也急风也劲/白云过山峰也可传情/莫说水中多变幻/水也清水也静/柔情似水爱共永/未怕罡风吹散了热爱/万水千山总是情/聚散也有天注定/不怨天不怨命/但求有山水共作证"

很多年后，唐莺依然能动情地唱起这首歌，这歌曲中富含了太多的柔情、挣扎与不舍……

第九节

第二天，龙先生把戴志强叫到了唐莺的面前，他竟然要求戴志强以后的工资要交给唐莺管理，需要花销的时候问唐莺要。龙先生问戴志强答应吗？戴志强不吱声。"不答应就把你开除了！"戴志强无奈答应了。龙先生的这句话着实把唐莺吓了一跳，"这是要干吗？这是在拉郎配吗？我现在根本不想谈爱情！"

这时龙先生解释道，原来戴志强有个毛病，喜欢发了工资买酒喝，而且花得一分不剩，从红酒到白酒，再到洋酒。但是他买来并不是喝，而是品，很多酒都束之高阁地浪费了。有一次，竟然拿白酒泡澡，说是活血。以前品酒是他的职业需求，可是现在品着品着就变味了，似乎他之前的感情遇到了点挫折，于是拿钱出气，每个月的工资不花个精光，不肯罢休。

戴志强的这些举动龙先生牢牢看在眼里，他知道这个年轻人的背后似乎有很多故事，但是他也不愿意讲，自己也不便问。但是龙先生一直很看好戴志强的技术，他觉得这个小伙子心灵手巧，而且干活踏实，就是浪费这一点他看不下去，于是找了唐莺来当"铁公鸡"。

"唐小姐，我之前给小戴找了好几个代管工资的姑娘，可是小戴都不答应。于是我说到你，他竟然鬼使神差地答应了。唐小姐，你肩上的担子很重呀！"龙先生虽然心里有些小算盘，但是整体上对唐莺还是不错的，衣食住行安排都很到位，因此虽然唐莺很排斥，但还是勉强答应了。

这样一来，两人的接触便多了起来。

刚开始的时候，戴志强非常有情绪，总是拿话挤对唐莺，还很不友好地给唐莺起了一个"铁姑娘"的绰号。唐莺对这个绰号非常反感，她觉得对方羞辱了她。结果两人立刻变成了针尖对麦芒，戴志强越有情绪，唐莺越发严格把关，好几次两人都起了冲突。

这样弄了两次，唐莺决定请辞，结果龙先生让戴志强给唐莺承认错误，"不承认错误就辞退你！"随后，戴志强果然很谦虚地承认了错误，于是唐莺心头的气消了不少。

以后每个月，每到发工资的时候，龙先生直接把戴志强的工资打到唐莺的卡上，这样一来，戴志强想乱花钱便没了筹码。

可是唐莺不愿这么当恶人，她询问戴志强，天气凉了，用不用添衣服。对方说不用。

快过节了，用不用给家里寄钱？对方说不用。

出门这么久了，难道不用给父母买点什么吗？对方说真的不用。

需不需要零花钱？对方说要。

"还是去买酒吗？用白酒洗澡？"这句话倒是把戴志强给逗乐了，唐莺意外地发现，这个男人其实笑起来很好看。他额头很高，显得很聪明，衬衣很白，显得很干净，黑黑的头发在阳光下熠熠闪光。

"你为什么要乱花钱呢？挣点工资多不容易。"

"钱挣了不就是花嘛，不然留着生儿子啊？"戴志强的俏皮一下子把唐莺逗乐了，可是这个笑容仅仅短暂地停留了两秒，乌云再次把戴志强的脸颊覆盖。看着对方那深邃的眉宇和那略带凝重的表情，唐莺知道这是一个有故事的男人。那他背后到底藏着什么样的一个故事呢？为什么每次提起他父母的时候，他都那么不愿谈呢？

戴志强很节俭，永远是一件白衬衣，几乎没见他穿过别的衣服。中午食堂吃饭的时候，他也是只点青菜，偶尔会买个香酥鸡块解馋。但更多的时候他会拎一把茶壶，里面泡好了上等的龙井茶，接着他会要二两米饭，直接把茶水浇在米饭上，吃起可怜兮兮的茶泡饭。

据说这茶叶是龙先生送他的；据说这吃法也是听台湾人说的；据说这样做是对龙先生和唐莺的无声抗议。

很快戴志强经常吃茶泡饭充饥的消息不胫而走，他在餐桌上的节俭很难让人与他在生活中的浪费联系在一起。这样一个靠谱的男人为什么会干出每月把工资全部浪费光的不靠谱行为？真是太奇怪了？他为什么要这么做？慢慢地，这个男人吸引了唐莺的视线……

但是，很快矛盾就出来了。

有一年的中秋节，唐莺自作主张从戴志强的工资中扣出买月饼的钱，还让对方赶紧把月饼快递给父母。谁料，戴志强大发雷霆，不仅把月饼砸了，还怪唐莺多管闲事。末了，唐莺气坏了，埋怨龙先生让自己当恶人，气得一下子从屋里拿出了替戴志强保管的6000元钱，一怒扔在了地上。

谁料正在气头上的戴志强抓起钱就往门外冲，然后擦着一根火柴就要烧钱。

"你疯了吧你！钱多了可以捐给贫困儿童啊，你烧钱算什么本事啊？"唐莺一脚踩灭了火柴，抢出了那些钞票。

"有钱有什么好，都是钱造的孽，要是没有钱，我身边的那些人至于这样吗？把钱全花完了，一切都太平了……"戴志强在怒吼中，仍然抢过来撕掉了几张钞票。

事后，虽然戴志强也给唐莺道了歉，但是唐莺不再厌烦和痛恨对方，相反她还有点同情他。她在想，他究竟受了什么样的伤害，为什么会对钱如此反感？

这是唐莺的初恋，可是她遇到了一个一动一静的双面魔鬼，这究竟是怎样一个男人啊？他穿白衬衫时，那么彬彬文雅；他怒发冲冠时，却又那么让人难以捉摸……

这件事很快就像乌云飘走了，太阳再次露出了晴空下的笑脸。

葡萄园里迎来了收获的季节，这之后，戴志强和唐莺的接触多了起来。有几次葡萄园忙不过来的时候，戴志强故意差使唐莺去帮忙，唐莺也乐得一个忙碌。因为这幅忙碌的场景让她回忆起自己短暂的上班岁月，那些日子有着青春的欢笑，青春的眼泪，只是一切的一切都结束得太早，让人甚为怀念。

接下来的半年时间里，龙太太的心脏病突然严重了，深爱她的龙先生停了手里的生意带老婆去台湾看医生，这个果园瞬间安静了下来。

那些日子里，唐莺经常去葡萄园帮忙，戴志强为了排解她的寂寞，经常带她到葡萄园里逛逛，一边参观，一边讲解。

记得那天，清晨橘黄色的阳光照着唐莺的侧脸，碎发垂在高高的鼻梁上，她的脸色饱满而红润，像一颗熟透的苹果，那个浅浅的酒窝里溢满了笑容。她在盛夏的阳光里向戴志强走来，缓缓抬起头来一望，额头光洁如玉。

这不正是戴志强心中的女人嘛。

就这样，唐莺上了那辆宝蓝色的汽车，虽然这辆车是龙先生的，但是此时此刻戴志强无疑是它最贴合的主人。汽车在偌大的葡萄林里穿梭起来，时不时传来醉人的葡萄香。

秋风阵阵拂来，拨弄着唐莺美妙的心田。对面的男人换了一身洁白的衬衣，玉树临风，光洁的额头展示着他良好的修养，那双深邃的眼睛温情如水，让唐莺不知不觉恍惚起来。

那些云淡风轻的日子，非常惬意，非常美好，深深留在了唐莺的脑海里……

随后的几个夜晚，戴志强教唐莺酿酒。唐莺非常想自己酿一瓶葡萄酒，戴志强说这太简单了，我满足你的愿望。

接下来，两人一齐采葡萄，洗葡萄，并且用一根细细的针将每一粒葡萄扎破，再把缸里的葡萄撒上一层糖，然后盖紧缸盖，让其发酵。大概两个月后，葡萄酒就可以喝了。如果还想味道再浓郁一点，就可以再多放上一阵子，有的葡萄酒经过几十年的发酵，便拥有了天价的身价。

在大功告成的那个傍晚,戴志强端来一壶茶和唐莺聊天。席间,唐莺谈到自己想回家去了,因为出来一晃一年多了,太想家里的爸妈了。

戴志强听完有些失落,打断她说:"没准龙太太回来了还需要你呢。"看得出唐莺也很犹豫,这里能忘却伤痛,但是见不到儿子;回家能见到儿子,但是又会被流言蜚语掩埋。可是跟戴志强却无法叙说自己的忧愁,唐莺于是沉默了。

"你不想家吗?不如我们一起回去吧。"唐莺的建议满是渴求。

"我不回去,现在还不能回去。"戴志强的回答让人疑惑。

"为什么不能回去,难道你闯了什么祸吗?"

但是戴志强没有继续说,唐莺也就没有继续问。

空气在那一瞬间静止了,颇显尴尬。

这时戴志强似乎闻出了一丝离别的气息,他拿出了陈酿的葡萄酒让唐莺品尝,随后他摘下几片薄荷叶子调酒。在递给对方的时候,他一句话也没说,没有一丝异样的举动。唐莺没有犹豫,喝了那杯酒。

"你刚才喝的酒,就是这颗葡萄树结的果酿的。"院子里,戴志强指着一棵葡萄树说道。

"葡萄酒喝之前,一定要用薄荷嫩芽来调制,这样味道才醇正。"接着,他又指着一株薄荷说道。

"这种葡萄叫赤霞珠,皮稍厚,果肉柔软多汁,味较甜,酿酒很好喝。"这个男人一边介绍,一边从口袋里掏出了一份礼物递了过来。

"这是一串葡萄藤手链,希望你喜欢。一个星期前,我选了一根纤细柔韧的葡萄藤,然后用葡萄酒将其煮成酒红色。花了两天时间在其上凿了九个小洞,然后用红丝线将九颗青绿色的葡萄穿了上去。这份礼物代表着一生一世能套住美丽姑娘的心。"

那时的唐莺非常孤苦,她哪里尝到过有人关心的温暖,特别还是这个帅气心仪的男人。这串手链很精致,九颗绿葡萄像九个可爱的小精灵,一漾一漾地眨着眼睛。对面的男人高大魁梧,温文尔雅,稳重内秀,这种介于爱恋与好感间的情感,唐莺从未有过,久久凝望中,让她不知不觉坠入情网……

两人相恋之后,戴志强一直想告诉对方为何自己会千里迢迢来到这个偏远的地方。可是想来想去,他不知道该如何开口。而善良的唐莺也认为应该把自己的前史告诉对方,可是张了几次口,她都无法轻松地去讲述。两个人的遭遇如此相似,一个深夜,善解人意的戴志强一把将唐莺搂进怀中,他告诉对方:"什么都不要说,让往事随风而去。"

就这样,那个晚上唐莺一直依偎在戴志强的怀里,她想让时间静止,她不想回忆过去,她觉得这么久以来,这个男人第一次给了她安全感……

时间一晃半年又过去了,这期间唐莺回过一趟家,这时家里人对她的敌意似乎不那么明显了。为了小木耳,唐莺也曾想过辞职回家,可是被妈妈否决了。妈妈看到唐莺比原先胖了,脸上滋润了,还知道她恋爱了,她心里分外高兴,说什么也不让女儿把小木耳带到东北去。

于是在东北那两年,成了唐莺生命中最美好的时光。她不再提辞职离开的话题,爱情的力量使得她散发出一股学习的魔力,学烧菜、学酿酒、学开车、学弹电子琴,甚至学婚庆礼仪。

那时,当戴志强得知唐莺以前在婚庆服务公司工作过时,还特意找来许多西方婚庆礼仪的书籍供她学习。唐莺得到这些书籍后如获至宝,当她一页页仔细品读后,更发现这个行当可以大有作为。那时,唐莺和戴志强聊天的话题越来越宽泛,美酒、美食、果园、服装,还有两人期待的婚礼。

记得一次聊天,唐莺和戴志强异口同声地说,要在这里建立家园,不想回家乡了。因为这里太美了,因为家乡太陌生了,它能把许多痛苦的东西定格,它能把许多美好的东西吹散。两人还一致约定,要在婚礼当天,亲手开启那瓶自酿的葡萄酒……

但是夜深人静的时候，唐莺还是会不断失眠，一方面她渴望戴志强的爱，但另一方面她又害怕对方知道真相后失去这份爱，所以纠结不堪，烦乱不已。

夜晚的风像一匹没有任何瑕疵的绸缎，拂在脸上柔软而有质感，窗外那一排高大的柳树，宛如一把碧绿的梳子，插在大地上，悉心梳理着唐莺烦乱的思绪……

几个月后，龙先生携太太回来了。这时龙太太的身体越发不好了，更离不开唐莺了。本来唐莺想继续在这里干一年，谁料想家里的一个电话令她又改变了主意。

小木耳前阵子不小心摔伤骨折了，要做接骨手术。唐莺妈妈拿不定主意，无奈之下央求女儿回来。唐莺接了电话瞬间乱了手脚，急急忙忙往家赶，连和戴志强告别也没有。最终小木耳手术很成功，并没留下后遗症，只剩下好好休养了。但是当唐莺告知儿子要离开时，小木耳却哭得很痛，他舍不得妈妈离开，他说别人都有妈妈，为什么他的妈妈要离开他。

这一次，唐莺下定决心要辞职。于是她很快返回东北，随即向雇主请辞。龙先生央求她再待两个月，等他们找到新保姆再走。唐莺应允，但是唐莺不知该怎么向戴志强告别。

戴志强得知了唐莺要离开的消息，很伤感，他问她为什么走,唐莺无法回答,只得委婉说家中父母年迈,希望自己早日回到他们身边。戴志强聪明过人,他猜到唐莺有苦衷,随即不再发问。那个夜晚很是漫长,戴志强一波三折地表白,可是心事重重的唐莺接二连三地拒绝,这让戴志强心里有些失落了。

"我们不是说好要在一起的吗?我们不是说好一起留下来在这里建立家园的吗?你不是亲口告诉我你要等我的吗?我帮龙先生的葡萄园走上正轨后,我的合同就期满了,为什么现在突然要离我而去?"

唐莺只是叹气,扑进戴志强的怀里一言不发。她细长的手指轻轻摩挲着戴志强那长满胡楂的脸颊,接着她触到了那个玉佩上的中国结。"这不是家的象征吗?自己曾经多想有个家啊!自己不是答应对方要和他在这里休生养息,生根发芽吗?为什么现在变卦了?"

唐莺流泪了,戴志强于是什么也不问了,轻轻摘下自己脖颈上的那个翡翠观音戴到唐莺脖子上。

"玉通灵性,它会保护你的,你对它好,它对你好。"唐莺再次记住了这句话。

第十节

事后,戴志强有事出差了。由于龙先生要引进香港的一家葡萄酒生产工艺,所以带着戴志强一起去了那里考察。临走的时候,戴志强说一定等自己出差回来唐莺再走,这样自己也好和对方有个告别。唐莺点头应允,说一定等对方回来。

由于龙太太家的保姆已经有了下落,目前是衔接和交接状态,所以唐莺这阵子比较清闲。唐莺心地善良,知道龙太太坐久了身上凉,于是走之前给家里的每个凳子上都做了一个垫子。这些都是毛线织的,唐莺特别会织毛衣,十几个垫子她三个晚上就织完了。那几天,唐莺还给戴志强织了一双手套,因为东北的冬天特别冷,室外没有暖气,对于野外工作的人来说最怕冻手。唐莺知道戴志强有一双巧手,会做葡萄酒,会做葡萄藤手链,会做茶泡饭,会做糯米鸡,还会弹电子琴。所以,她可不想让这双巧手受到什么伤,或者是落下什么伤痛……

由于归期已定,而小木耳的腿伤也已痊愈,这些年唐莺也赚了一些钱,所以她特意给母亲和小木耳订了两张机票,让他们来东北玩两天,然后大家一起回家乡。

小木耳和母亲听到这个消息高兴坏了,早早动身,早早把到达时间告知了唐莺。而唐莺在一番精心打扮后,也早早赶去机场接机。

那时的飞机也经常晚点,唐莺足足等了 5 个小时才见到母亲和小木耳从闸口出来。看到儿子的那一瞬间,唐莺激动地奔了上去,一把将小木耳搂进了怀里。唐莺忘情地亲吻着儿子的脸颊,述说着思念,小木耳咯咯地笑,那笑容天真无邪。这时小木耳注意到妈妈脖子上有一个很好看的绿色玉佩,于是轻轻用手摸了摸。

"妈妈,这是什么呀?"唐莺注意到了这个细节,欣喜的她一下子从脖子上摘下了玉佩戴在了小木耳的脖颈上。"木耳,喜欢这个是吧?妈妈正要把这个送给你呢,它能保佑你平安健康,小木耳再也不用去医院了……"

由于太久没见妈妈和儿子了,娘俩情不自禁在等出租车的过程中唠起了家常,而小木耳对机场的一切都很新鲜,他看见红红绿绿的人都拉着一个大箱子从闸口出来分外好奇,自顾自地在大厅驻足玩耍,他只记得妈妈嘱咐他不要跑得太远……

母亲给唐莺聊起了这几年家里的变化,之前唐莺回家时,母亲不想扫女儿兴,没有说出实情。"其实你哥哥不是搬出去住了,他和你嫂子早就离婚了,你哥去南方打工了,你嫂子两年前就嫁人了。你嫂子一直耿耿于怀你哥没涨的那级工资,一直要讨说法,结果你哥一气之下把那个抢他指标的人给打伤了,住院费花了一大笔,还把你哥给拘留了。后来他工作也受了影响,你嫂子一看这阵势,恶吼吼地喊着要离婚。最后婚总算离了,可你哥哥越想越生气,干脆辞职去深圳了。"

"你爸爸现在是中风后遗症,身边什么事都要人照顾,所以我盼着你回来。他是被人从厂长位置上拉下来的,听说就是单位里的人举报的,有些人早就对他虎视眈眈了,你那件事正好让那些长舌妇抓住了把柄。还有,就是小木耳,他经常会受到别人的白眼和欺负,在 A 市上学根本不现实……"

母亲唉声叹气的样子,惹得唐莺心里很难过。都是因为自己多事给别人当红娘,不然一家人怎么会落得个这副下场。唐莺注意到母亲这几年腰也弯了,头发也白了,眼神也没有以前清澈了,要知道母亲想当年也是数一数二的清秀美女呢。

难道这都是因为自己吗?难道这都是命运的安排吗?唐莺内疚极了……

这时,唐莺和母亲说话说累了,她猛然一抬头,却发现小木耳不见了。刚才这孩子一直在自己视线里呀,怎么现在突然没影了?唐莺一下子慌了,和母亲撒开腿在大厅里到处找,可是两个小时过去了,她们没有找到这孩子的一丁点消息……

当时机场的监控系统还不够完善,唐莺在请求机场工作人员帮忙后,对方并没有发现小木耳的身影。有工作人员提醒,机场正在扩建,不远处有施工工程,让唐莺去那里看看。唐莺专程赶过去,可那些工人都忙着干活,问来问去,谁也没看见这个4岁的小男孩。

唐莺傻了,孩子丢了,就是自己在和母亲拉家常的时候走丢的。当周围旅客听说唐莺丢了孩子后,纷纷七嘴八舌。有的说外面的长途车站、出租车站非常乱,没准是哪个坏心眼的司机把孩子拐走了;有的说是哪个旅客看中了身边没有家长的小木耳,顺手把孩子抱走了;还有的说机场也有人贩子,没准是人贩子把孩子拐跑了。这些话字字句句砸在唐莺耳边,震耳欲聋,她内心只有一个声音,孩子丢了,孩子丢了,是我给弄丢的。

22岁的唐莺脸色煞白,嘴里不停地嘟囔着这句话,她感觉有一把小刀一片片切下自己的心,突然一个趔趄,身心崩溃的她栽倒在地上……

出了这么大的事,唐莺不可能不告诉戴志强和龙先生,但是唐莺还是无法面对自己的那段隐私,她谎称是自己哥哥的儿子,来东北玩,并接自己回去,不小心在机场走丢了。戴志强急匆匆地陪唐莺去了公安局,去了报社,去了电视台,动用了自己所有的关系,但是小木耳依然是杳无音讯。

唐莺去东北那年小木耳只有半岁,随后的时光小木耳和唐莺妈待在一起,老人抚养这个孩子本来就有压力,所以根本没心情给小孩子照张相,因此小木耳就没留下照片。

这给寻找工作带来了不少阻力。

紧接着，唐莺爸爸那边又出事了，因为母亲这两天不在身边，委托家里一亲戚照顾，孰料对方照顾不周，让唐莺爸爸在屋里摔了一跤。结果母亲只得匆匆赶回家，并且也不敢说出小木耳走丢的实情。

一连串的打击让唐莺病倒了，而且病得很重，发高烧，说梦话，神情恍惚，去了医院打点滴，但是依然不能退烧。刚开始戴志强来龙先生家看她，这时新来的保姆已经到位，但是对方除了家务之外还要照顾病人，渐渐有了意见。一个星期后，戴志强毅然把唐莺接到了自己住处，这时唐莺已然从龙太太家辞职，确实没有地方住了。

唐莺的烧渐渐退了，但是总是在哭。戴志强开始尽心侍奉这个身心受到百般伤害的女人，开导她，劝解她，给她煲汤煮饭。同时也曾询问过她，为什么你哥哥一直未现身？唐莺一心苦楚，无奈只得搪塞对方，说哥哥离婚了，目前在深圳打工，生存艰难，无法请假。

戴志强不再追问了，他体恤唐莺的痛苦，那个晚上一直搂着她，两人谁也不再说话，直至深夜。月亮静静地挂在天穹，月光斑斑驳驳洒在了他们身上，远远望去，他们的背影笼罩着一层落寞的金色……

那些日子小木耳一点消息也没有，几次追问公安机关，依旧没有线索，没有进展，唐莺的精神支柱彻底垮了。戴志强此时才注意到自己送唐莺的翡翠挂坠,却在对方脖子上不见了。"挂坠我送给小木耳戴了,谁料想它跟小家伙一起丢失了……"唐莺的声音分外伤感,可是戴志强并没有埋怨对方。他反而安慰对方说:"这是好事啊,有了这个信物,小木耳一定会找到的。"这句话让唐莺哭泣数天的眼睛里终于放出了一丝光彩。

由于戴志强还要上班,于是唐莺试着面对残酷的生活。那时她打起精神下床做饭,可是烧的菜不是忘了放盐,就是忘了放油,但是这些,善解人意的戴志强根本没有戳穿对方,不仅大口吃完了,还违心地夸赞菜肴好吃。

唐莺也不傻,当她觉察到这些以后,更加觉得有压力,慢慢地,唐莺有了离开戴志强家的念头。自从这个念头在心里生根发芽,唐莺就开始忙活。她给戴志强重新套了被子,重新做了棉袄,并且将厨房和家具擦拭一新。这些举动给了戴志强误解,他以为对方走出伤痛了,他以为唐莺准备开始新生活了。

谁料这时,唐莺发现她的肺出了毛病,总是咳嗽,总是胸闷,她万念俱灰。一天戴志强下班回来,突然发现唐莺神色憔悴,呼吸起伏,但是脸颊极红,这种红让人触目惊心,和面色红润截然不同。戴志强要把唐莺送往医院,可是唐莺执意不去,她虚弱地摇头,倔犟地不肯移动身体。

结果没办法的戴志强一下子从冰箱里拿出许多冰块,

并顺手扯下一条唐莺的丝巾裹住。接着他一把撕开了唐莺的衬衣，然后把裹有冰块的丝巾放在了唐莺的胸口。由于刚才的惊讶，唐莺的胸口剧烈地起伏着，此时瓷白的肌肤和脸上的红云滚滚形成鲜明的对比，让戴志强焦虑不堪又无法自持。

其实千万个美丽的未来，都抵不上一个温暖的现在。

渐渐地，唐莺的咳嗽声缓了下来，她说好受多了，情绪平静了一些。此时，冰块外的白霜被她的体温烤化，水珠从薄薄的丝巾里渗出来，成股地流进她的胸口里。此刻的唐莺周身洋溢着一种令人窒息的温暖美丽。

"让我来照顾你吧。"戴志强紧紧把唐莺拥进怀里，瞬间，他的身体被冰与火包围……

那晚，有了胃口的唐莺想吃东西，她非要吃戴志强以前最爱的"茶泡饭"。这时戴志强泡好了一壶上等的龙井，接着他放入了两片柠檬，片刻后浇到了两碗米饭上，白花花的米粒上瞬间绽放出金灿灿的光泽。"这是我吃过最好吃的米饭。"唐莺的酒窝再次被笑容填满。

次日晚上，戴志强拿了两瓶红葡萄酒回来，并且很有兴致地倒上了两杯。"唐莺，这是我们上次一起酿的两瓶红酒，现在刚发酵了两个月，今天看你气色不错，我特地倒一杯给你庆祝。剩下的，等我们结婚那天再喝吧。"

戴志强这段话似乎是委婉的求婚，却把唐莺吓住了。

小木耳出了这件事后,唐莺更不敢想象她和戴志强的感情会有任何结果。看着唐莺一直不接手中的杯子,戴志强不解地问:"难道你不想尝尝自己的劳动成果吗?"

唐莺终于接过了杯子,一饮而尽。平心而论,这杯葡萄酒颜色晶莹,味道醇正,可是唐莺却只尝到了苦涩的滋味。而且这种苦涩会蔓延,唐莺感觉似乎只有几秒的时间,这种沁入心脾的苦涩笼罩了她整个味蕾……

有飒飒的风声传来,那么遥远。

有轻轻的脚步传来,那么亲切。

戴志强从后面抱住了唐莺,唐莺的身体微微一颤。这个女人头发里有醉人的体香,额前微微卷曲的头发衬得她那张脸尤为明澈动人,只是脖颈上光溜溜的,戴志强的手不停地在唐莺光滑的脖颈上游走着。唐莺的表情捉摸不定,她闭着眼睛,长长的睫毛上沁满了泪水。

那天晚上,戴志强拥着唐莺入眠,虽然两人什么也没做,但是戴志强却感觉无比温暖。她是他喜欢的女人,她是他拥有冲动的恋人,她是他想娶回家的爱人。此时此刻,他们两人在一起,这就够了。

这个秋风沉醉的夜里,天空寂静辽阔,星空闪烁着钻石般的晶莹,房间里飘起淡淡的花香,外面是一轮美丽的红月亮。青黑的夜幕中也透出了暧昧的颜色,可是唐莺的心里却伤感至极……

第二天早上，戴志强意外地发现，唐莺不见了。

23 岁的唐莺选择离开了，她给戴志强留了一张字条：我走了，请不要找我。最近这几年身边不断地发生了许多事情，但是我知道我始终摘不掉一顶帽子，那就是我是个晦气的女人，不仅让家人遭遇不幸，而且会给爱我的男人带来霉运。所以，我不能嫁给你。再见了，志强，放心，我会好好地活着，如果有缘，一定会再相见。

唐莺走的那天暴雨交加，整整下了三天毫不停歇，戴志强发疯地找，发疯地喊，找遍了大街小巷，一点音讯也没有。唐莺决绝地离开，倔犟如她以往的性格。此前，唐莺也没有告诉对方自己在 A 市的住址，所以戴志强失望地去，绝望地回。

这个女人用自己的方式，就这样从戴志强的世界里消失了。

第二章
我们终究成不了佳人

第一节

十二年后的 2010 年,唐莺再次回到了 A 市,此时她已经 35 岁了,依然孑然一身。谁也不知道唐莺在这 12 年干了什么,在哪里漂泊,碰没碰到心上人,为什么这么多年还没结婚。

唐莺这次回来是来参加父亲的葬礼,瘫痪多年的父亲最终以大面积脑梗结束了残缺的生命。作为女儿,唐莺愧疚不已,她在父母最需要自己的时候,根本没有尽到做女儿的半点义务。这些年中,唐莺一直在外地漂泊,找小木耳成了她唯一流浪的理由。这期间,心灰意冷的唐莺甚至还出国干过劳务输出。

这些年,唐莺也时不时地和家里联系,她提出想回家去,可是妈妈这边传来的都是坏消息。哥哥再婚了,因为没房子，只得和老婆、父母挤在50多平米的房子里，依旧是那些吵吵闹闹摔锅砸盆的闹心日子。父亲这边一听说闺女要回来住，嘴里呜呜啦啦嘟囔不停，天天使小性子发脾气。唐莺妈清楚，都是因为唐莺惹了那一出倒霉事，闹得全厂沸沸扬扬，后来单位职工抓住了唐厂长的把柄，一下子把他告下了台。从此，唐海洋大病不起，一蹶不振，因此他对女儿又爱又恨，耿耿于怀。

所以听到唐莺想回家的消息，哥嫂和父亲都给唐莺妈甩脸子，于是唐莺打消了这个想法。她发誓，在外面一定要闯荡出个模样，等回去的时候给父母买套房子，让父母再也不受哥嫂的气。

可是买房子的钱带回来了，父亲却不在了，他无福享受，永远地离开了女儿。这让唐莺后悔得无以复加，抱着妈妈连续哭了好几个晚上。

父亲的葬礼在忙碌了一周后总算告一段落，可以想象葬礼上并没有多少原来啤酒厂的员工，而且小木耳丢失的消息不胫而走，更让唐家背上了沉重的道德责罚。

不管怎么说，这些痛苦的往事在那些陈旧的时光里总算翻篇了。

之后打拼数年，有了一些积蓄的唐莺在一处高档小区买了一套160平米的三居室，她要把妈妈接到新家居住，她要兑现自己的承诺。可是妈妈不愿意去，她说她要帮儿子儿媳带小孙子，还说自己舍不得离开和老伴住了半辈子的房子，这里一物一件似乎都还保留着老伴的影子。

无奈，唐莺自己搬去了新房子居住。虽然一切都是新的，她的心情却不能一切重新开始。唐莺去找过师傅穆阿姨，可是穆阿姨早就搬家了，问了邻居也不知道搬到了哪里，本想看望对方的唐莺，无奈悻悻作罢。之后唐莺又去打听梁婷的下落，可是认识她的人说她根本没有回来过，唐莺知道，自己和梁婷之间的这份情债算是彻底洗不干净了。

那阵子，阳光很好，唐莺每天都在家里休生养息，有时候能在沙发上发呆一天。可是对于一个忙惯了的人，整日闲着确实会闲出病来。足不出户在屋里待了两个月之后，唐莺觉得应该找点事做。

还是好友徐珊珊热心，她早就从原先的家具厂辞职了，目前自己和别人合开了一家连锁酒店，生意还不错。而一向头脑机灵的刘大象看准了房地产热，毅然从税务局辞职开了一间二手房中介，赚得盆满钵满，还结识了一大堆人脉和关系。

这天他有个女客户说，想为自己开的幼儿园找一位幼儿老师，徐珊珊一下子想到了唐莺。

这些年唐莺干了无数的工作，但是没有一个和婚介有关的，她内心只乞求这辈子和红娘彻底绝缘，过点平静日子。

　　于是，唐莺去了这家私营的幼儿园面试。唐莺隽秀的容貌、温婉的声音当场就博得了对方好感。于是对方让她展示才艺表演，唐莺选了电子琴，弹的还是那首《万水千山总是情》，这首乐曲从唐莺指间流出，悠扬婉转，极富感情，一下子她就被录用了。

　　这些年，唐莺在别的城市拿到了不少证，有汽车驾驶证、摩托车驾驶证，幼师证，还有餐饮上岗证。总而言之，这些证的背后都蕴藏着诸多的泪水与汗水，好在唐莺经过这些年的打拼，内心坦然多了……

　　幼儿园的工作简单繁琐，上课、打饭、吃饭、唱歌、跳舞、做游戏。刚开始工作的前两个月，唐莺还有些手忙脚乱，但是这里面的孩子个个看着像丢失的小木耳，使得唐莺倾注了全部的心血。好在两个月后，忙碌的工作总算顺手了，唐莺想就这样终此一生吧，好在银行里有一些积蓄，这里每个月的工资也够自己开销了。何况和小朋友在一起，多少也可以弥补一下小木耳丢失以后的遗憾，可是万万没想到，又一场劫难悄悄朝唐莺袭来……

　　那天，幼儿园由于停水，午饭时间推迟到下午一点多。小朋友全都饿坏了，看见唐莺拎着盛稀饭的铁桶走进教室，小朋友全都拿着自己的小碗向老师面前挤，都想让老师先给自己打饭。结果慌乱中出了岔子，一个小朋友在拥挤的过程中，由于身子往前倾，太使劲的缘故，手臂和上半身被挤进了滚烫的稀饭桶里，顿时听见了他鬼哭狼嚎般的哭声。

唐莺一看出事了，吓坏了，赶紧就去捞这个孩子，谁料想忙中出错。她第一时间把孩子抱出来后，不是用凉水冰敷烫伤的部位，而是慌乱中用手去抚摸对方的伤肤，结果一层鲜红的皮子掉了下来，鲜血汩汩而出……

那天下午，出事孩子的家长赶到医院后，第一时间就谴责老师处理不当，孩子的胳膊会留下一大片伤疤，并怒吼着让校长开除唐莺。

虽然刘大象一再向校长说情，但是无济于事。最终唐莺不仅被幼儿园辞退了，还赔偿了对方5万元钱……

再次失业的唐莺心里止不住地悲凉，难道自己真是个扫把星？难道自己真的是晦气的女人？难道自己就是那个总给白雪公主毒苹果的蛇蝎王后？为什么凡是和自己接触的身边人，都会出现这样那样的险情和磨难？

若干年前，戴志强给自己起的那个"铁姑娘"的绰号，现在想来真是无比的讽刺，命运如此磨难，难道就是要把自己打造成一个刀枪不入的"铁姑娘"？

第二节

　　这次的事,伤了唐莺就业的元气。无所事事的唐莺待在屋子里,越想越心烦,越待状态越糟,后来简直到了不洗脸不刷牙的状态。这期间好友徐珊珊也来看望过唐莺,她劝对方还是出去找点事做吧,要么嫁人,要么工作,别待在家里向死亡要效益,看着人不人,鬼不鬼的,只能吓到别人。

　　之后徐珊珊邀请唐莺去自己的酒店里上班,让她当大堂经理,还开出了5000元的高薪。可是任凭对方磨破嘴皮,唐莺也不去。她这个人命不好,决不能再给最亲密的好友带去灾难!

　　就这样,唐莺不顾好友的劝阻,盘下了一辆出租车,当起了女出租车司机。那个时候,其实出租车行业已经不景气了,所以唐莺干得很辛苦。半年中,唐莺遇到了好几次危险。最可怕的那次是一趟夜路的长途,唐莺让对方先出示自己的身份证,可是对方说身份证丢了,正在补办。

　　无奈,唐莺上路了。

　　可是当车走到偏僻的山路上后,客人一下子变脸了。虽然他也没拿刀子抵住唐莺的脖子,却赤裸裸地问唐莺要钱,说是最近手头紧,借3000元花花,将来一定会还。唐莺后背"嗖"的一凉,她感觉是一把铁榔头抵住了自己的脊梁,她明白自己遇上劫匪了。

唐莺一脸紧张地和对方周旋,但是她不敢停下车,害怕中了埋伏。她说自己口袋只有1200元,让对方别嫌少拿走吧。对方似乎胃口并不止于此,眼睛一直在盯着唐莺的身体看,大概在猜测她还有没有别的藏钱的地方,再或者是想劫财又劫色。

这种状态让唐莺非常害怕,还好这时后面突然跟上来三辆车,还是花车!

这个点在黑灯瞎火的郊外路上出现新娘的花车,这也太奇怪了,细想想都瘆得慌。

领头的这辆车是辆奥迪,开得不快不慢,一直并排和唐莺的车前行,时不时对方还会朝唐莺的车里张望,偶尔他还会按响喇叭。唐莺觉得这是个机会,于是一个劲回按自己的车喇叭。这下歹徒慌了,他以为是唐莺的救兵,于是急急忙忙叫停车,拿着那1200元飞快下车,夺路而逃。

那天晚上唐莺把车从郊区开回来只用了半个小时,可见魂飞魄散,归心似箭。恍惚中记得那辆按喇叭的奥迪车小伙子染了一头黄头发,仔细想想,若不是那辆花车及时出现,自己没准真的被劫财劫色了。

第二天,唐莺就把车低价给卖了,彻底退出了出租车圈子。

那些日子，唐莺一直在发呆，自己的前途究竟在哪里呢？是不是回来又回错了？难道我这辈子都是一个不受欢迎的女人？

这期间，年迈的母亲看着老大不小的女儿，张罗着让她相亲，可是相亲这个局面让唐莺很排斥。一相亲，唐莺就想到了梁婷和穆军，然后她的思绪就开始翻江倒海，就开始想那些20年前的闹心事。亲肯定是没相成，工作也依然没找到出路。

有一天，唐莺出门去交手机费，在走到一条闹市街的路口时，她猛然发现了一个熟悉的背影，这个背影很像是戴志强。由于那天街上熙熙攘攘，人多车多，所以当唐莺意识到去追的时候，前面的背影突然不见了。唐莺慌了，马上拨开人群一遍遍寻找，可是那个背影连一点影子也没了。一个恍惚，唐莺猛然间看到那个背影上了一辆出租车，可是她用尽了平生的力气也没追上，眼睁睁看着那辆出租车消失在视野里。

那个下午太阳特别毒，唐莺站在原地，感觉天旋地转。她感觉自己踩在棉花上，心脏仿佛要跳出身体，这是14年后唐莺又一次出现这样的感觉，此时此刻这感觉和小木耳丢失时一模一样。

此刻的唐莺抑制不住地后悔，明明两人是老乡，可自己当初和他相恋时为什么不问一下对方的家庭住址呀？哪怕是一个粗略的信息也可以啊。可是，由于当初复杂的心理，谁都没有透露自己更多的信息，如今两人断桥相隔，各奔东西。

当天晚上回到家，唐莺就迫不及待翻出了当初戴志强送她的那些婚庆礼仪的教材。抚摸着这些书，唐莺感慨万千。她的床头还摆放着当年戴志强送她的葡萄藤手链，虽然这么多年过去了，葡萄藤上的葡萄早已干枯，可是这根酒红色的葡萄藤链子唐莺却保留至今。她把它放在一个密封的小罐子里，时不时洒上点水，现如今它依然有着诱人的酒红色。

那天晚上，唐莺做了一个梦，梦里出现了戴志强的身影。戴志强说："既然你三番五次想摆脱你不喜欢的行业，可是命运偏偏又要把你们往一起拉扯，那就不妨顺其自然吧。再说你不是还被新娘花车救过一条命嘛，没准这些先进的国外经验，保不齐能让你赚个头彩呢！"

"对啊，既然有国外婚庆业的先进经验，为什么要抱着葫芦不开瓢呢？"第二天醒来后，唐莺一点不觉得荒唐和意外，她认为这是戴志强冥冥之中在给她支招，那自己干吗要一条道跑到黑呢！

很快，唐莺就找到了一间旺铺，用这些年打工的积蓄盘下了这间店，再次开起了"喜鹊人生"的婚庆婚典公司。记得这个名字第一次出现时，唐莺就和它有种特别的感情。

如此再次开店，唐莺还是选择了这个名字。

此时的年轻人对婚礼的要求已经越来越细化了，唐莺那套欧化、先进、细致并且全方位的立体服务着实吸引了众多顾客，于是她的生意一下子红火了起来。

当一点点得到顾客的认可和尊重后，唐莺的自信又恢复了。她的脸上重新看到了明媚的笑容，那个浅浅的酒窝重新回到了她那张古典而匀净的脸颊。

唐莺的内心里一直不服气，这些年她积累了许多婚庆礼仪方面的经验，她特别向往一对对新人步入殿堂的画面，她特别想摘掉自己头上那顶晦气的帽子，她内心发誓这辈子一定要让100对新人经过自己的手找到幸福，找到真爱！她一定要为自己17岁懵懂当红娘的经历雪耻！

新店开业肯定要张罗招聘员工，而且现在唐莺最缺的是租赁花车，因为最忙的时候，花车根本不够用。公司刚起步，肯定不可能买几辆摆在店里，所以只能租赁。

这天上午，店里来了一个染着黄头发的小伙子，说自己有辆奥迪，看见唐莺公司的广告了，顺便进来问问情况。"你们租花车什么价啊？"这小伙子一进来唐莺就觉得眼熟，可是怎么问对方也不承认见过自己。

待到出门见到对方的奥迪车后，唐莺终于想起来了，"你是不是在半年前的一个晚上上过某某高速呀！当时有3辆花车来着，你开在最前面，是不是？"

喜鹊人生

这位叫马小帅的小伙子终于想起来了,他记起当时自己身边有辆出租车,还是女司机,黑灯瞎火的,对方一直按喇叭。"那天晚上,你可救了我一命。"就这样,唐莺和马小帅一见如故,达成了租车的协议。

原来马小帅买了这辆奥迪就是为了接婚礼花车的单,那天他开着花车大半夜上高速,完全是因为新娘前一晚上有急事被困在了郊区,这会儿大半夜大部队就往那边赶去接她,为了能赶上第二天一早的婚礼。

唐莺听完,哈哈大笑,看来自己真的和婚庆有关,连救自己的车都是新婚花车。"好啦,我们签协议吧,我这儿业务多,你的车随叫随到,我给你每天1000元。如果生意好,还有额外的红包。"

马小帅当然愿意了,像他这种蹲过牢有过前科的人是找不到工作的,可是唐莺不嫌弃,还重用他,使得他很是感激,很快他在工作中就成为了唐莺的左膀右臂。

第三节

接下来,唐莺的那些日子可以用脚打后脑勺来形容,那些忙碌的日子让钞票像长了翅膀一样向唐莺飞来,砸得唐莺喜笑颜开。

你别说婚礼上什么新鲜事都有,有儿子婚礼和老爸再婚一起办的；有后爹后妈大闹新郎新娘婚宴的；有典礼台上出现四对爹妈的，原来新郎新娘的父母均为二婚，有的甚至是三婚，全部挤到了典礼台上，互不相让，洋相百出。

很快忙碌的一年就过去了，这一年中，唐莺公司的员工增加到15个人，盈利额达到了30万，可是她依然没有遇到合适的人，依然没有成家。

但是这一年中发生了很多事，啤酒厂彻底垮了，哥嫂为了谋生去了深圳。唐莺曾劝过两人到她店里工作，可是对方拒绝了，他们扭转不了对唐莺的印象，他们还是嫌弃唐莺晦气，目前家里只剩下了唐莺妈一个人。唐莺在街上偶然见到了穆阿姨一次，可是十几年过去了，对方依然不肯原谅自己，不说话，不打招呼，就像从来没有认识过。

日子就这样波澜不惊地过着，这天，很久未露面的徐珊珊突然哭哭啼啼来找唐莺求助来了。那天，唐莺递上一盒面巾纸，问了大半晌工夫，也没问出原因。

这些年，徐珊珊的经济条件大为改观，动不动身上就是两三万的名牌，浑身上下就四个字：贵气逼人。当一切昂贵和时尚的元素拥挤地堆在她身上时，总是让唐莺哑口无言，她都替对方喘不过气来。

可是这位贵气逼人的人妻也有烦心事。

原来，徐珊珊的老公刘大象出轨了。

得知此事的当天晚上，发疯的徐珊珊开始摔东西，并且把老公的行李都扔到了走廊上。无奈老公总算交代了，两人好了半年多了。

当晚，徐珊珊的情绪有些激动，对老公连打带骂，还喊出了离婚的狠话。结果不堪辱骂的刘大象，果真收拾行李走了，气得徐珊珊哭了一夜。今天一大早，她就来找唐莺搬救兵来了。"你是我和大象的红娘，现在我们婚姻出问题了，你管也得管，不管也得管，你得帮我把那个女人击退，把我们家大象给我追回来！"

唐莺听完笑了，心想自己能有这么大本事吗？

可是徐珊珊不依不饶，又哭又闹。

其实唐莺骨子里也是个黑白分明的人，况且徐珊珊是自己婚庆所的第一位降临幸福的顾客，她不愿意看到对方婚姻被瓦解和分崩，所以唐莺决定帮助对方挽回婚姻。

那天晚上，徐珊珊住在了唐莺家里，两个女人拉拉杂杂说了一晚上悄悄话。其间徐珊珊哭哭啼啼还羡慕对方未婚，说唐莺压根就没有这种被陈世美抛弃的感觉，弄得唐莺哭笑不得。

于是第二天一早，唐莺二话不说，去了刘大象的房产中介公司。这些年由于房价飞涨，刘大象顺势而为，他开的这家二手房中介公司可谓赚足了钞票。

对于唐莺的出现，刘大象多少有些意外，但是表现还是相当的礼貌和热情，毕竟唐莺是自己的红娘，不看僧面看佛面呀。"哎呀，稀客，稀客，大美女怎么来了？也不提前说一声，我去接驾。"

"不用接驾，我来找你肯定不是什么好事，咱是门口说，还是让我进去说？"

"快进来，快进来，你可是我和珊珊的大恩人啊，怎么可以来了都没口茶喝？小李，上最好的普洱，生普，去火！"刘大象给了一个尴尬的笑，他的脸上有着中年男人特有的肥硕的三角形眼袋。

"刘大象，咱们开门见山，昨晚徐珊珊什么都给我说了，你打算怎么办？"

"哎呦，我是冤枉的，天地良心啊，既然她什么都说了，那珊珊是什么意思啊？"

"她的意思还不是明摆着啊，你跟那个小女友彻底一刀两断，接下来安安心心过日子。"

"那要是对方纠缠我怎么办？我断不了怎么办？"

"刘大象，你有那么紧俏吗？"

"怎么没有？不光我的人紧俏，我们公司的二手房也紧俏，你瞅瞅，一转眼工夫都出手多少套了？这年头，一切靠实力说话，想不信都不行。"刘大象拿着销售记录，得意地回击。

"那好，那就起草离婚协议吧，房子、车子都归你，徐珊珊带孩子净身出户,去跟你的小女友海誓山盟吧!另外——我还包给你承办婚礼!"

"你出息我不是,这条件徐珊珊能答应吗?"

"当然能!不过徐珊珊有个条件!"

"什么条件?"

"徐珊珊要和你办一场离婚典礼!让全世界的人都知道你是陈世美!"

"神经病啊!她是不是脑子进水了?恶心他妈给恶心到家了。"刘大象摔了茶杯,一个劲儿发牢骚。

这时店里走进来一个人,似乎是个男人,他身上有一股淡淡的烟草香。对方还没开口,手机却响了,他的手机铃声竟然是汪明荃的那首《万水千山总是情》。

唐莺没有回头,但是下意识一愣。待她回过头后,意外看到了一个穿白衬衣的男人和一张熟悉的脸,这张脸的出现让唐莺当即就傻掉了……

第四节

这个人是戴志强!这么千辛万苦期盼已久的男人此时此刻竟站在她的面前,这使得故事中的两人感慨万千。仅仅是30秒的惊诧之后,唐莺一个箭步扑到了戴志强的怀里,而戴志强也死死地抱住对方,再也不肯松手。

刘大象看呆了，这是怎么个情况啊，唐莺怎么和我的客人抱在一起了？这男人是谁啊？敢情两人早就认识啊？这男人可是来买我房子的呀！这个唐莺在这儿捣什么乱啊？

结果不识相的刘大象死乞白赖地硬把两人分开了，"等会儿再抱，等会儿再抱，先办正事。"然后他对戴志强说，"钱带来了吗？这套房子马上可以签合同。"

原来戴志强一年前就回来了，不仅和唐莺待在同一个城市，而且相距并不遥远。由于他也一直没有成家，所以父母一直恨铁不成钢地唠叨，使得他下决心自己单买一套房子搬出来独居。可是 A 市的房价那么贵，况且新楼盘位置又特别偏僻，所以戴志强只能选择买二手房，今天是他第二次到刘大象的房产中介来，此前他看中了一套房子，已经交了定金，今天是来交余款的。

就这样，在那个夕阳如金的傍晚，唐莺终于挽着戴志强的胳膊回到了他新买的房子里。

这个房子里只有简单的家具，很多地方还裸露着墙皮，却丝毫不影响唐莺和戴志强谈天说地。两人找了一个角落席地而坐，两瓶矿泉水散落在地上，甚至都没有一块充饥的饼干。但是这一切都没有关系，两人打开了思绪，拉开了话题。

戴志强说，当年唐莺不辞而别后，自己的生活也失去了重心。后来在屡次寻找但屡次得不到唐莺的消息后，戴志强把所有精力全部投入到了工作上，那阵子，龙先生研发的冰葡萄酒已经出口到香港和国外等地。后来，赚了大满贯的龙先生移民到了加拿大，戴志强本来不想去，可是最后经不住对方的劝说，还是去了，结果到了那里彻底把婚姻大事给耽误了。

在国外由于地处偏僻，又因为语言受限，戴志强的活动范围很小，每天就是工作、吃饭、休息，三点一线，所以更没有了找对象的念头。以前戴志强在国内的时候，一到开花季节总是花粉过敏，浑身上下起风疙瘩，有一次甚至严重到气管肿胀呼吸困难的地步，可是到了国外后，这种现象慢慢地缓解了。于是龙先生三番五次动员戴志强留下来，大展宏图。

本来戴志强打算把龙先生新开辟的事业带入正轨就可以脱身了，谁料这里的气候非常宜人，物价甚至比国内还便宜，渐渐地人就产生了依赖性，于是间间断断一待就是五年。

前几年，戴志强已经回国，他还特意去了东北原先的葡萄园，究其原因，他还是觉得会在那里碰到唐莺。可是这对有情人终究还是没有遇到，那些葡萄园早已被他人承包，目前已改为经营性的酒吧，觥筹交错，幻影迷离，好不热闹。只是戴志强越看越伤感，心一寸一寸老去，这一切都源于情还在，物已非。

之后，戴志强辗转于其他城市，但是都没有稳定下来，也没有遇到自己的心上人。后来，戴志强还是准备回 A 市来，父母的年龄越来越大了，他在想应该结束漂泊的生活了。由于戴志强一直没成家，回来后的他一直饱受母亲催婚的烦恼，索性他搬出来住了。

"你的肺炎好了吗？"戴志强还记得多年前唐莺红云滚滚的脸颊。

"早就好了，那是我最灰暗的一段日子。"

"现在都过去了，别担心了。"

"为什么？"

"因为我又出现了。"

"这些年你真的一场恋爱也没谈过？"唐莺止不住好奇，也抑制不住嫉妒。

"总是会接触到一两个，可是都没有结果。我想是因为我心里一直有个对比吧……"

唐莺不再发问，依偎在戴志强怀里，不再说话。

窗台上有一株亭亭玉立的薄荷花，小小的花蕊像白色的云絮，静静地停泊在一片碧绿之上。在安静的氛围里，似乎能倾听到花开的声音，唐莺似乎听到了自己的心花盛开的声音。

在这旖旎的夜色里，唐莺就静静地站在那里，通身散发着一种清丽脱俗、含蓄典雅的美，像澄静的湖水，掩饰不住她与生俱来的魅力。她的美淡淡的，即使在这个暧昧的空间，依然有一种树欲静而风不止的魔力，再激情的人在她面前也会变得安静起来。

"我们喝杯酒吧。"戴志强起身拿出两个漂亮的水晶玻璃杯，这些年戴志强似乎没有别的收获，只是收集了众多切割完美的水晶杯，这些名贵的酒杯来自匈牙利、捷克和德国。

唐莺注意到角落的柜子上放着一瓶晶莹剔透的红葡萄酒。

"这还是我们十几年前做的那瓶酒，今天这么高兴的日子，我们一定要喝一杯。"戴志强找到启子，准备开启红酒。

"这么多年，你一直还保存着？"唐莺很惊讶。

"当然，我说好是和你一起喝的，无奈你上次一别就没了消息，好在这酒是越放越醇。"

戴志强摘过窗台上的几片薄荷嫩芽，准备泡酒喝。"新开瓶的红酒要用薄荷叶调制，味道才更醇正。"正当戴志强要打开红酒瓶塞时，被唐莺一把拦住了。

"我们不是约好一定要等到结婚那一天才喝的嘛！不能食言啊！"

对呀，当初是两人一致亲口约定的啊！

"那今天先不喝了。"戴志强重新放回了那瓶葡萄酒,待到他重新转身的时候,唐莺一把从后面抱住了他。

"志强,向我求婚吧。"唐莺抚摸着对方强硕的胸膛,温柔地渴求道。

此时,安静的餐厅里有冰箱吱吱的电流声,客厅里那盏橘黄色的夜灯幽幽地亮着,灯罩上的景物在不停地旋转,唐莺现在才看清楚那映衬的分别是小桥、炊烟、流水、人家。淡淡的温情弥漫其间,让人无处躲藏,一段美好的时光,从客厅上空的氤氲袅袅飘来,心也开始温暖。这个44岁的男人直到今天才有了一种强烈的,想拥有一个家的冲动。

这一刻,唐莺36岁,戴志强42岁,两个人在16年前相识,在13年前分离,又在13年后重逢。岁月带给了他们磨难,也给了他们最美的挑战。这场轮回中,这两个人谁也没有结婚,似乎都在冥冥地等待着对方,等待着这一刻的重逢与轮回。

夜色降临了,青黑色的夜幕中透出了两人的剪影,浪漫温馨。

突然,戴志强转过身,扳过了唐莺的双肩。此时唐莺的眸子里有一点未褪尽的婴儿蓝,虽历经岁月,但童真未泯,泪光蓝,雨夜蓝,珍珠蓝,海汪汪的,清澈见底……

望着这双眼睛，戴志强毫不迟疑地吻了下去，那吻急促澎湃，汹涌起伏，好似涨潮的钱塘江水。

当爱如潮水汹涌袭来的时候，她又能逃到哪儿去呢？生命如同一场圆舞曲，转过一场又一场，有一种爱注定会婉转而来。他用炽烈的唇吻着她，她听到他轻轻地说："唐莺，我爱你。"

那一刻戴志强的思维停滞了，身边是爱波万顷，远处是丹霞烂漫；那一刻，他似乎不知自己身在何处……

时间慢慢滑到了午夜，这时两人才发现自己是前所未有的饥饿，两人发疯似的冲到街上，一家小摊一家小摊地吃了起来。

后半夜的夜市，依然灯火通明。两人吃着吃着突然想起了什么，突然异口同声地问店老板有没有糯米鸡卖。要知道这可是两人第一次相识的"见面礼"啊！

可是很遗憾，连问了3家小铺都没有。戴志强和唐莺不死心，牵着手继续在小巷子里横冲直撞地寻找。

"今晚一定要找到，也一定会找到，老天爷一直在暗地里默默帮我们，它肯定会成全我们的爱情。"戴志强言语中充满了自信。

那天晚上，两人打车从十里堡到酒仙桥，又从酒仙桥杀到东四十条，在找了七七四十九家店铺后，果真在一家江苏人开的小摊前找到了糯米鸡这道菜。

"哈哈,功夫不负有心人!"那一刻,唐莺果真相信了他们的爱情会被上天祝福。

天空渐渐鱼肚白,折射出绚烂的朝阳。这个晚上,就这样在 A 市的街道上度过了。当第一缕阳光打在唐莺脸上时,她觉得这一切都是那么真实,那么澎湃。

想起很多年前读过的一首诗,很像此时的心情。

"一切都在变/心握每一天/好梦醒来醒来/阳光望不到边/一切还等什么/出门走走看看/空气很活跃/绿叶更舒展……"

唐莺的酒窝再次像灌满美酒一样,绽放出它灿烂的模样,这个深邃的酒窝使得唐莺那张古典匀净的脸看上去更加动人……

第五节

重新找回爱情的唐莺一下子变得开朗明媚,精神抖擞。唐莺和戴志强都急着带对方见自己的父母,最后还是戴志强谦让了唐莺,毕竟准女婿见丈母娘更重要一些嘛。

一个阳光明媚的早上,戴志强拎着一瓶上好的冰葡萄酒来到了唐莺家。唐莺的妈妈开了门,此时的唐家无比静悄悄,唐爸爸走了,哥哥嫂子都去深圳打工了,只剩下妈妈一个人了。屋子是老房子,光线很暗,家具也旧了,但是擦得很干净。墙上挂着唐莺和哥哥小时候的照片,照片上的唐莺烫着卷发,脸蛋圆鼓鼓的,穿着时髦的背带裙,能看得出来,那时候的小唐莺就是个卷发的小美女。

唐妈妈已经眼花背驼了,心脏也不好,家里的柜子上摆满了药品。她看见戴志强走过来,微笑地示意对方落座吃饭吧。唐妈妈没有那么多客套话,也没有那么多盘问,就是烧了几道家常菜给对方。桌上摆着几个精致的小菜,糖醋鱼、糯米鸡、茭白肉丝、还有一个丝瓜鱼丸汤,很是可口。

"我们上年纪的人都喜欢清淡的,不知道你们年轻人吃不吃得惯。"

"你快尝尝,喜不喜欢?小莺说你喜欢吃糯米鸡,我特意做了一大盆,一会儿走的时候你带点走。"唐妈妈知道这是女儿十几年前的初恋,今天有幸能碰到,她内心也充满了欣喜和祝福。

戴志强很喜欢唐莺的妈妈,他亲手用葡萄藤给老人做了一个筷子篓,酒红色枝蔓腾腾绕绕,很有点艺术品的味道。唐妈妈很高兴,拿在手里看来看去。"这需要花很多工夫吧?"

戴志强摇头，接着笑了。那笑很平实，很自然，有着一家人的熟稔。

吃饭期间，唐妈妈问戴志强几个兄妹，戴志强说："家里只有我一个孩子。"唐妈妈很诧异，"怎么会呢？你原来是独生子啊？"

戴志强解释其实他也不是独生子，说起来他还有个姐姐，只是——

"你还有个姐姐，怎么从没听你提起过呢？她在哪儿？结婚了吗？"

对于唐莺的问话，戴志强有些为难。"这事一两句话说不明白，回头找机会给你细说吧。"

未婚夫的这句话让唐莺有了点疑惑，气氛一下子沉了下来。但是毕竟今天是来谈结婚的事，别让这件事扫了兴，于是唐莺转了话题，兴冲冲拿过日历让妈妈为自己选一个黄道吉日。

"那是人家志强妈妈的事，那是人家男方的权利。"唐妈妈很有礼貌，并且埋怨女儿不懂规矩。

戴志强说自己妈妈不会对唐莺有太多干涉的，自己的婚事自己做主，但是自己的家庭条件不够好，所以可能家里也不会给小两口更多的资助。

这一点唐莺倒不在乎，因为吃了这么多苦的唐莺早已把平淡生活和真挚感情看成了生命最重要的部分。戴志强这些年有一些积蓄，可是这次买房子也花得差不多了，但两个人过普通日子还是绰绰有余。

席间，戴志强突然问了一句话："你哥哥的儿子小木耳找到了吗？"

这句话让唐妈妈一愣，这时看到唐莺尴尬且无奈地摇头，她没有说破什么。戴志强知道触及到对方的痛楚，于是便不再问了。

戴志强走后，唐妈妈质问唐莺："你不准备把这段真相告诉对方吗？"

唐莺很纠结，她还没想好该怎么办，但是她绝不会隐瞒，因为唐莺不是一个城府很深的人，她纯净、善良，并且善解人意，她的字典里根本没有欺骗。她下定决心，想找一个合适的机会把一切原原本本告诉对方。

爱情再次降临的唐莺似乎忽略了闺蜜徐珊珊，那些天她忙得连徐珊珊的电话都顾不上接。终于有一天傍晚，对方把唐莺堵在了公司。"你可真行啊，我的事你一点也不上心啊，我让你找刘大象，找了吗？"

"找了，找了。但是——"

"但是什么？"

"但是还没来得及谈你的事，突然杀出来一情况！"

"突然杀出来一帅哥吧，我们家大象都说了，你遇到鸳梦重温的男人了！这是好事啊，千年才等来的造化啊，姐们儿就不记你仇了。"

徐珊珊就是这样一个女人，说话连珠炮似的，可心眼不坏，嘴上不饶人，但是热心肠。"赶紧地，赶紧地，让我见见，看看是怎么样一个男人把我们的'铁姑娘'给打动了。"徐珊珊今天穿了一件迪奥最新款裙子，拎着一个古奇的包，耳朵上是香奈儿2013山茶花的铂金耳环，可是她混乱的搭配总是让那些血统纯正的华服看起来像地摊货。

就这样，当天晚上，在徐珊珊的"思密达"大酒店中餐厅，由徐老板做东，宴请唐莺和戴志强这对15年后重逢的苦命恋人。

徐珊珊的酒店装修得尤为考究，雅致不失情调，豪华不失浪漫，每一个包厢的名字都特别让顾客喜欢。榴莲，火龙果，哈密瓜，樱桃，椰子，蓝莓，荔枝，山竹，石榴，芒果，脐橙等等。唐莺和徐珊珊最喜欢吃榴莲，所以总是喜欢定这个包间。

席间，刘大象一见到唐莺就讨要红包，"我可是你的月下老人啊，小戴要是不来我店里，你还遇不到你的初恋男友呢！这可是铁树开花，千年难遇啊！我是功臣，得有奖赏啊！红包拿来，红包拿来！"

戴志强一脸笑，很老实地掏出钱包，谁料却被唐莺一把截住。"打住啊，你的问题很严重，就快被打入死牢的人了，还敢在这邀功请赏？"

"我怎么严重了？我杀人了，还是越狱了！"刘大象装糊涂，嘴皮子死硬。

"你是不是玩婚外恋了？是不是跟一个叫艾小迪的女孩好上了？还有你卖给戴志强的这套二手房是不是多收了一个那什么税，别以为我不知道！"唐莺也不甘示弱。

"哎呦，那是我一哥们儿，就是工作关系，她卖车，我想买车，就这样认识了。她特能推销，特能喝酒，特能吹牛，沾着人就不放，所以没事吃个饭聊聊天解解闷。我说你们这些地球女人怎么那么庸俗啊，肮脏！肮脏！你瞅瞅你们这思想将来怎么教育孩子啊！整个一个甄嬛版的007！"刘大象口才极好，他要是能当月老，所有的歪嘴塌鼻子小眼睛没身材的剩女一准都能打包嫁出去！

"既然是哥们儿，那就把她叫出来一块儿吃个饭，认识认识！"唐莺将军，刘大象不敢接招。

刘大象大着嗓门嚷嚷："你们这是干吗呀，到底是给小戴接风啊，还是开我的批斗会啊，不嫌人家恋人添堵啊！要不，得！我先撤了！"这个有着肥硕的三角形眼袋的男人手机响了，他站起身想往外走，徐珊珊知道肯定又是那个小妖精。

心知肚明的唐莺看到对方要走，赶紧使绊子。"要走可以，先把账结了，是谁说今天请我和小戴吃饭的？"

"结结结，我又没说不给钱，老婆开的店，照样是一码归一码。"刘大象掏出1000元扔在桌子上了。

"不够，你都说我们俩是百年不遇，铁树开花了，难道拿1000元钱就想打发我们？"其实唐莺知道徐珊珊不想让老公走，所以自己故意给刘大象使绊子。

"1000不够，那就2000！行吧？"

"2000也不够！"

"如果你真想走也没人拦你，但是从今往后你得落个吃饭不给钱的骂名——"此时的唐莺幽默中不失老辣。

"哎哎哎哎，我说，你们可真行！"进退两难的刘大象只得关了手机重新坐回到了坐位上，自顾自地打开了茅台。"来来来，兄弟，咱俩男人喝，我敬你！今天不跟女人喝酒了！添堵！"刘大象的样子惹得两个女人哈哈大笑，戴志强和刘大象互动起来，气氛一下子活跃了起来。

这时刘大象反退为进了，开始一股脑发泄刚才的不满，"哎，我说我们点的东星斑怎么还没上呢？你们这鱼是不是现去池塘钓的？有这工夫，30条都钓上来了！我有这速度，都当上总统了——"

服务小姐一个劲儿地道歉："对不起，先生，我马上去催。"

"催什么催呀，能上早就上了，不是厨师回家生孩子去了，就是鱼死在三国异乡了，甭拿这理由蒙我。你们解释的那些废话，都可以建金字塔啦。我开饭店那会儿，你还穿开裆裤呢！再看看这大闸蟹，都臭了，你尝尝，有鲜味吗？这要是海军陆战队，都登陆三月了，得得得，这螃蟹我赏你们领班了，账结过了，可劲吃，别客气——"刘大象愤懑已久，根本不给自己老婆面子。

"刘大象，你没事吧，怎么说我也是这家店的老板，你给我点面子，行吗？"徐珊珊看不下去了，狠狠在桌下踩了刘大象一脚。

这时，唐莺主动出来圆场，随后，戴志强成了今晚的主角，他主动讲述了自己和唐莺的相识相爱，以及两人分手时的痛苦。届时，徐珊珊和刘大象才听明白，唐莺没跟对方说自己有个"儿子"的事，徐珊珊立马觉得这一对也好不长久，她给刘大象使了个眼色。

刘大象岔开了话题，他话里话外地说出了他的一些婚姻观。

他说，自己结婚快20年了，有一定的发言权，其实婚姻也不一定全都是爱，没有自由的爱会让人窒息，比如他和徐珊珊就是一对"婚姻合伙人"。在彼此需要对方的时候，两个人结合了。某段时间里，两人分别可以助对方一臂之力，之后各自都有了明媚的事业、明媚的人生和相对的自由，所以依赖性会逐步递减。渐渐地也许会分开，但是只是换一种方式相处，并不是恩断义绝扫地出门，从此做仇人，所谓散买卖别散交情。

刘大象这一套龟孙王八理论，明里暗里就是想和徐珊珊离婚，徐珊珊坐不住了，气得差点把一杯茅台泼在对方脸上。

"刘大象，瞧瞧你脖子上比小拇指都粗的金链子，再瞧瞧你那地沟油的彪悍肚子，你那三口就吞掉一个汉堡的记录才取消了几天，就在这儿装绅士，也不怕我们这群人把你送到土豪打假办……"

刘大象不甘示弱，奋力地反击着，整个房间笼罩在一片喷薄的荷尔蒙里。

但是戴志强始终都很平静，他说："我始终相信爱情，我要给我爱的女人幸福。"他表示，等房子一装修好，我和唐莺马上就会结婚，还要邀请恩人刘大象来当他的伴郎。

第六节

随后的唐莺开始了空前未有的忙碌，她整个人像打了鸡血，可以48小时不睡觉，订婚车、订酒席、选婚纱、选婚戒、选家具，忙得脚打后脑勺。

那天唐莺给马小帅打电话，说自己要结婚了，并且要订他的婚车时，对方俨然一愣。"你要结婚了，跟谁结啊？"

唐莺笑了起来。末了，他发现对方有点失落，忙忙叨叨的唐莺也没顾得上询问什么。马小帅是一个刑满释放人员，前些年因为酒后打架判了几年牢，出来后一直找不到像样的工作，后来是唐莺不计前嫌，大胆合作，让马小帅赚了不少钱。这几年，唐莺一直给小帅介绍女朋友，可是都没有成过，她也纳闷对方怎么那么挑剔。那天，小帅听完答应后，很快就离开了。

接着傍晚的时候，唐莺收到了一束满天星鲜花，她觉得戴志强真够浪漫的，马上都要举行婚礼了，还至于这么矫情送花吗？

第二天下午的时候，戴志强带着唐莺去了自己家，见到了戴志强的妈妈。

戴志强的父母家位于郊区，房子很破旧，看不出是哪个单位的家属院。屋内只看到戴志强的妈妈，唐莺记得戴志强曾告诉她，"我爸爸很早就不在了。"

戴志强的妈妈很泼辣，语速很快，得理不饶人。在做客的过程中，好像有邻居来找事，唐莺听见戴妈妈说："你赶紧走啊，今天我家有客人，再不走，我就地找口锅，直接把你给炖了，不放盐我也吃得下去。"

这句话吓得唐莺一下子把自己筷子放下了，好像餐桌上的肉菜都是人肉菜肴似的。

戴志强似乎也看不惯母亲的作为，一个劲给唐莺夹菜。但是在做客的过程中，还是有一件意外的事情发生了。

在用餐快结束的时候，戴家的门铃突然被两个穿着制服的狱警给按响，戴志强的妈妈打开了门。接着唐莺听到对方说："戴鸿海由于服刑期间有立功表现，刑期减了2年，我们特地来送达减刑通知书。"

"他爸爸不是早就去世了吗？怎么会在监狱里啊？因为什么入的狱啊？他干吗要骗我说自己爸爸去世了？"

显然，对于这个问题，戴志强很为难，他纠结了半天后才说："家家有本难念的经，我以后再跟你解释好吗？但请你相信，我对你的感情没有半点掺假。"眼前的戴志强眉宇中有一丝凝重，但是他的白衬衣依然洁白无瑕。

于是，唐莺不再问了，她觉得戴志强说得对，家家有本难念的经，只要我们的感情历久弥坚就行了。

一路上，唐莺岔开话题，说赶紧把房子装修好娶我吧，恨嫁的自己已经等待做新娘这一天快20年了。戴志强表示没有问题，明天就让装修队进驻，争取一个月完工。

那天晚上，在送唐莺回去的那条长长的林荫小道上，唐莺给对方讲述了，自己开出租被劫车的惊险经历。"最后，还是一辆新娘花车救了我，目前这个黄头发的小伙子也和我成了朋友，你说这辈子我是不是和新娘有缘啊？"

唐莺黑黑的眸子里依然绽放着纯净和清澈，她依然渴望着爱情，依然有着少女待嫁的欢欣。"唐莺，你放心，我一定给你一个终生难忘的婚礼。"

远处，有风飒飒地吹来。

绿化带里的郁金香开放了，在夜色下绽放着动人的身姿。此刻，戴志强的唇吻上了这个像宝石花一样的女人，这个女人像一只等爱的寄居蟹，匍匐在戴志强怀里，脸上有着虔诚又陶醉的表情。

青黑的夜幕下映衬出两人的剪影，那吻缠绵、幽深，又有着自由的张力，两个如鱼般轻盈的身体在缠绵中依偎着，一不留神惊起了身旁湖面上的水花，性感地吸引着旁人的视线。

第二天早上，阳光很好，唐莺早早来到了戴志强的新房里，并且把一张银行卡和一本装修图册交给了对方。"我要的风格在图册上，全部要按好材料来，别心疼钱，这卡上的钱你拿去用，不够再向我要。"

戴志强笑着接过，"知道了，你倒挺难伺候。"

原来唐莺第一次来到这个房子的时候，就觉得装修得非常简单实用，有点过于寒酸，自己等了20年的婚礼，怎么也得耍出点气魄来，所以今天一早唐莺就来送钱了。要知道唐莺看中的一块大理石台面的价格就在2万元左右，还不包括欧式家具和进口卫具等物品。

在两人聊天的过程中，戴志强的手机总被一个陌生的电话号码骚扰，每每戴志强接起，对方就火速挂断了。唐莺纳闷,"谁的电话呀?"

"不知道呀,是个新疆的号码,可能打错了吧。"戴志强说完,唐莺也没在意,这年头骚扰电话多了去了。

这时,唐莺的电话突然响了,是妈妈的电话。

唐莺接起,"莺子,回趟家,妈有事找你。"

就这样,唐莺告别戴志强匆匆忙忙回到家。这时,妈妈告诉她,穆阿姨住的房子要强拆,可是穆阿姨没钱,死活不搬,现在被气病了,卧床不起,你跟妈妈去看看她。

唐莺妈原本对穆阿姨非常有意见,认为她儿子穆军一怒之下的冒失举动把自己闺女的一生都给毁了。可是当唐莺爸去世以后,唐莺妈看到穆阿姨独自一个人的凄苦生活,渐渐心软了。都是女人,女人何必为难女人。这些年,唐莺每年都去探望穆阿姨,唐莺妈从当初的反对渐渐变成支持了,有时候还亲自跑去买水果,女儿做得没错,穆阿姨不容易。

"妈,你别去了,还是我去吧。"每次去,穆阿姨都会给娘俩泼凉水,扔难听的话,久而久之,唐莺早就习惯了。可是唐莺妈嘴上不说,心里还是有些耿耿于怀。唐莺知道妈妈身体也不好,于是自己大包大揽当炮灰算了。

当天下午,唐莺拎着果品来到了穆阿姨的拆迁房前。这里是最早的啤酒厂家属院,大部分职工在这十几年中都买房子搬走了,可是穆阿姨的儿子一直没再回来,所以内退的穆阿姨根本没钱买单位的集资房,于是只能一直住在这里。目前这块地改变了经营用途,它卖给了房产商,所以这片拆迁房必拆无疑。

"穆阿姨,我来看你了。"唐莺把水果放在桌子上,穆阿姨躺在床上回了下头,看样子,好像没吃饭呢,说话有气无力。

"莺子来了。"这几年,穆阿姨对唐莺的态度有所改变,当她看到唐莺每年节假日来探望自己时,穆阿姨确实被感动了,"其实这件事,唐莺也是受害者啊。"

整个一个下午,唐莺都在做穆阿姨的工作。她劝对方搬家,还说自己会出钱给她买一套小房子,先安顿下来,如果将来有钱,再还也可以。可是穆阿姨根本没能力还钱,所以怎么劝也不同意。最终,唐莺说这样吧,我先出钱给你租一套小一居吧,这地方马上断水断电,根本不能住,别再倔犟了。

好说歹说,穆阿姨流泪同意了。

从穆阿姨家里出来,将近晚上8点了,唐莺马不停蹄地赶到了戴志强的新房中。"那什么,我,我这边生意出了点情况,能不能,能不能先把我那张卡给我应应急,装修的事先缓缓⋯⋯"

戴志强看着满头大汗的唐莺不知道出了什么事,他感觉这一天当中,唐莺180度的转变太让他奇怪了。"究竟出了什么事？"

"生意上的事，一两句话讲不明白。"唐莺撒了谎，但也是无奈之举，她太看中自己的这场婚礼了，不能让它化为泡影。

戴志强不由分说地把银行卡递了过去，"这本来就是你的钱，本来就该在你手里，我是男人，我娶老婆，装修当然算我的。"

唐莺看到对方如此大度，深情地给了对方一个拥抱就匆匆出门了。

当天晚上，她把刘大象约了出来，"大象，我要买一个小一居，二手房，远近无所谓，楼层不要太高，越快越好，最好明天能搬家。"

刘大象听完，一阵抱怨，"你到底要嫁几个老公啊？戴志强不是刚买了一套婚房正装修吗，你干吗还买啊？"

唐莺避开对方的询问和质疑，直接递过来一张银行卡，"这有40万，赶紧给我办。"

"得嘞，放心吧，包我身上，明天来拿钥匙，我管给你装修，简装的钱算我的。"这个有着肥硕的三角形眼袋的男人一见着银行卡，马上变成了五星级服务。

当天晚上，唐莺和对方分手已经10点多了，这忙了一天她还没吃饭呢。看见路边有个麦当劳，筋疲力尽地点了个汉堡坐在那里吃了起来。吃饭的当口,她想给戴志强打个电话让他注意身体,早点收工,可是突然发现手机没电,自动关机了。

可是分手后的刘大象越琢磨越奇怪,"最好明天能搬家?唐莺干吗这么着急啊?"他抄起电话回拨给唐莺,谁料对方关机了。于是他把电话打给了戴志强。

"什么?唐莺给你了40万,又买了一套房子?"

第七节

戴志强接到刘大象的电话非常奇怪,"原来唐莺没对我说实话呀。她买房子干吗用呢?结婚不是已经有房子了嘛,干吗还买?"

第二天早上,戴志强去唐莺家找她,想询问一下究竟怎么回事。谁料唐莺妈说,唐莺一早就出去了,好像匆匆忙忙的样子。于是,戴志强给唐莺打通了电话。唐莺在电话里说,"自己拿着这个钱确实没用在生意上,但是也没买房子,至于为什么没跟你说实话,是有内情的,等我这两天忙完了,我一定原原本本告诉你。"

挂上电话,戴志强有些哑然失笑,谁能没有个不想说的秘密呢?我还是相信唐莺的,她一定是个值得等的女人。

那几天中,唐莺忙得饭都没吃上几口,刘大象带着她到处去看房，唐莺很果断地看中了一套位于近郊的小一居，因为对方房子还算比较新，所以装修也省了。唐莺麻利地首付40万，并且办理好了分期贷款手续。

"我这房子是买来投资的，如今大家都炒房子，我也心动了，而且小面积的房子很好租，我店里的客人明天就要租。但是——希望你别告诉戴志强啊，女人嘛，总要给自己留点私房钱……"

由于刘大象并不太清楚唐莺的前史，而且十几年过去了，人们对当年的绯闻也淡忘了，所以唐莺没有告诉对方实情。刘大象也不是个打破沙锅问到底的人，他的人生信条里，赚钱永远是王道，小钱靠智，大钱靠德，再大的钱就要靠手腕了。所以有钞票赚，他自然就会遵循一切商业规则。

在简单的打扫和修整之后，第三天唐莺就找人帮穆阿姨搬家了。但是唐莺没给穆阿姨说真话，她只说这是自己临时租的一套房子，暂时先住着，等到那边拆迁和回迁的时候再商量对策。这套房子比穆阿姨原来的房子敞亮多了，而且属于半新的房子，穆阿姨嘴上没说，心里可高兴了。她要给唐莺做饭吃，可是唐莺哪有心思吃饭啊，她已经4天没见到戴志强了。

当天晚上，唐莺约未婚夫到一家火锅店见面，两人总算安安生生吃了一顿饭。席间，唐莺说："我们就快结婚了,在领结婚证之前,我想告诉你一件我身上曾经发生过的事。"谁料,戴志强也突然说:"其实我也想在结婚前告诉你一件我身上的事,还记得你曾问过我,我为什么背井离乡去东北打拼吗?因为我想逃离……"

"还是让我先说吧,这些话藏在我心里很久了,我今天一定要原原本本告诉你,一吐为快,不然我会有内疚感的。"唐莺打断了戴志强。

戴志强点点头,"好吧,你先说。"

谁料还没等唐莺开口,戴志强的手机又响了,还是那个陌生的电话,还是显示区号为新疆。

"怎么这个陌生的电话总打我的手机啊?"戴志强和唐莺都分外纳闷。

结果那天晚上小吃街突然大规模停电,火锅城漆黑一片,两人黑灯瞎火地结了账,再也没心情讲述各自的心底秘密了。

"还是先回家吧,看看我的装修成果。"在戴志强的强烈建议下,唐莺来到了这个即将成为自己新房的家。

这是一套120平的三居室,虽然是二手房,但主人保养得不错,酒红色的大门敞开着,和屋内奔放的印度红木地板交相呼应;苹果青的客厅墙壁上,复古的铁艺与现代印象派画交织点缀;屋内闪着橘色的射灯光束,略带镂空的米色树叶造型的窗帘在夜风中微微摆动。客厅的酒柜上摆满了各式各样的水晶酒杯，茶几一角，摆放了一张唐莺在葡萄园里采葡萄的照片。

"天啊，这是哪来的照片，为什么我都不知道？"唐莺的惊喜莫过于哥伦布发现新大陆。

戴志强悠悠一笑，"是你第一次去葡萄园时，我偷拍的。"

"隐藏得够深的啊，我当时怎么没发现呢？"唐莺欣喜地转过身，注视着面前这个男人。

他身上依然有着20年前的烟草味，他脸上依然有着桀骜并且温柔的眼神。唐莺扑过去，用力将脸在对方的胸膛上蹭来蹭去，没错，纵使岁月悠悠，她爱的味道还在。

恍惚中，唐莺看到戴志强向她走来，缓缓地，脸上带着笑容，微微一弯腰就轻轻抱住了自己。那一刻，唐莺的心出奇的安静，过往的浮茫和苍凉消逝得无影无踪，好像被人施了某种奇异的法力一样，畅快淋漓。那拥抱对于唐莺来说，没有一丝一毫的生疏和隔膜，仿佛前世今生就被他的热力和柔光润泽着。两人就这样紧紧相拥，谁也不愿放开对方，惟恐一松手，咫尺变作天涯。

一切都未改变，变的只是岁月！

窗外，一团棉絮似的白云遮住了月亮，有飒飒风声掠过，湿淋淋的树叶闪烁着点点粼光，迷离的花香点缀着夜景，仿佛版雕的木刻画。

那个晚上，戴志强把唐莺抱进了卧室。卧室里摆放着一张大床，那是唐莺喜欢的款式，在这张床上，唐莺幸福地闭上了眼睛。

在这个秋风沉醉的夜里，天空寂静辽阔，星光闪烁着钻石般的晶莹，房间里飘起淡淡的花香，外面是一轮美丽的红月亮。

当第一缕霞光射进卧室时，唐莺相信，那一早的朝阳也是他们点燃的。

"我们今天去领结婚证吧。"这是戴志强醒来的第一句话。

"志强，我还是要告诉你一件事，一件发生在我身上的事。"唐莺坚持把这件最重要的事说在前面。

"好吧，你说，我在听。"戴志强搂紧了对方，生怕一松手，唐莺会跑掉。

唐莺刚洗过澡，头发湿漉漉的，散发着椰子的味道。

"还记得机场丢失的那个孩子吗？那其实不是我哥哥的儿子，但也不是我的儿子——"

"那是谁的孩子？你不是说一直没找到吗？怎么了？"戴志强似乎有了一丝不太好的预感。

"其实那个儿子是我亲戚的——"唐莺的话再次被戴志强的一个电话给打断了。唐莺用了很大的气力，依然没办法一口气说出实情。此时此刻，她有些感谢这个电话。

又是那个陌生的号码，但是这一次似乎对方有个女声在问："你是戴志强吗？"戴志强刚想回答，谁料对方又把电话挂了，再回拨过去，电话没人接听了。

"怎么回事啊，我最近是不是得罪谁了？"戴志强哑然失笑，"你刚才说是亲戚的孩子，那又怎么了，这么多年找到了吗？"

唐莺摇摇头，戴志强安慰对方，"你也别自责了，也许真的走丢了；也许某年某月的某一天，他还能出现，我们不用找，他自己会出现。"

唐莺哑然失笑，她希望对方说的是真的。"但愿吧——"

那天早上，心血来潮的戴志强一再坚持要和唐莺去登记，于是唐莺不再坚持，一番梳洗后两人出门了。

结婚登记的过程非常顺利，工作人员对40岁的两人还是头婚的状况非常赞赏，"瞧，又一对晚婚晚育的代表。"

当天晚上，兴奋的唐莺叫出了徐珊珊和刘大象一起吃饭。这晚的唐莺化了无痕妆，一支盈润质感的唇膏，一款色调柔柔的眼影，一支纤细逼真的睫毛液，一款米色无痕的指甲油便是它的全部。她今天穿了一件长款的水蓝色毛衣，下身是黑皮裤，腰间挎了一个紫红色的鳄鱼皮手袋，这种打扮既鬼马又时尚，让人的视线不忍游离。这个女人时而性感摩登，时而精致朦胧，她眼神和笑容里散发出无法形容的魔力，给了戴志强探索的欲望。

徐珊珊知道自己的好姐妹总算嫁出去了，高兴得不得了，四个人点了一桌子菜，刘大象和唐莺还喝高了。徐珊珊店里推出了一道新菜品，红膏戒指蟹。"快尝尝，这是最鲜美的红膏，往年尝不到这么鲜的口感的。"众人尝后，均是赞不绝口。

席间，唐莺宣布自己再过两周就要结婚了，酒宴就定在徐珊珊的这家酒店里，现在先商讨一下细节和菜品吧。

结果两个女人忙得不亦乐乎，徐珊珊知道闺蜜总算等到了这一天，开心死了，让服务员把最好的包桌菜谱拿来供新娘新郎挑选。唐莺也分外高兴，"钱不是问题，要上你店里的招牌菜，我们请的全是好朋友，所以菜品上不能马虎……"对于新娘子的要求，认真的徐珊珊全都让服务员记了下来。

桌上气氛这么热烈，只是戴志强没干几杯，其间他又接到了两个陌生的电话，这一次不是那个新疆的号码，对方显示是本地号码，戴志强回拨，对方依然没人接听。

戴志强提出要上洗手间，大家谁也没注意。可是等到要结账的时候，戴志强还没回来，唐莺懵了，赶紧派刘大象去卫生间查看，谁料卫生间根本没人！

"奇了怪了，戴志强人去了哪了？"唐莺有了不好的预感。

第八节

　　那天晚上，唐莺回到新房，一直等到夜里4点，戴志强依然还没回来。拨打他的手机，对方竟然关机了。

　　看着窗棂上贴的大红喜字，还有装修一新的新家，唐莺的心扑扑扑地狂跳起来。接着唐莺翻出了自己的结婚证，突然她握在手里有了种不踏实的感觉。"戴志强去了哪里？为什么不辞而别？他干吗要隐瞒父亲入狱的实情？他的姐姐现在在哪里？他究竟要对我说什么……"

　　唐莺越想越乱，这一夜，她彻夜无眠。醒来后，发现枕头上掉了许多断发，看来焦虑得无法形容。

　　第二天一早，戴志强的手机还是关机，唐莺无奈跑到了戴志强妈妈家问究竟。可是戴妈妈说儿子昨晚没回来呀，也没接到他的电话，"你们不是快结婚了吗？出什么事了？"

　　唐莺赶忙摇头，"没有，没有。"可是唐莺又不死心这么走，于是她问起了戴志强爸爸入狱的原因，戴妈妈似乎不想提，"你去问我儿子吧，我一句话也给你说不清楚。"此时的唐莺有点急了，她竟然冒出一句："难道戴爸爸不是志强的亲爸爸？"

　　这句话彻底把戴妈妈给惹火了，"哎，我说你这么大的人了，会说人话吗？你这不是污蔑我吗？我告诉你啊，有站直了腰打人的,可没这么拐着弯骂人的!"唐莺吓坏了,赶紧告辞了。

一路上,唐莺都在想,也不知道戴志强这个城市有朋友吗?自己确实对他了解不多,可为什么要在结婚前玩失踪呢?难道是有什么难言之隐吗?真是要急死人了。

第二天又等到晚上12点,依然没有戴志强的消息。唐莺有点坚持不住了,她把徐珊珊和刘大象叫到了自己的新房里嚎啕大哭。

徐珊珊说:"赶紧报警吧,没准遇到什么不测了。"刘大象说:"失踪不到48小时,人家派出所不给立案。"唐莺在徐珊珊怀里哭着抱怨,说自己为什么命怎么这么不好啊,为什么每次到结婚的关键口上都要上演生死疲劳,难道老天爷就是看自己不顺眼啊!

唐莺的眼泪流在徐珊珊巴宝莉的外套上了,她有些尴尬地挪动着身体,表情开始有了怨言。这个细节被刘大象捕捉到了,连骂老婆没轻重,"都什么时候了,还心疼你那身假名牌!"

"我这是正品,好不好?"徐珊珊气坏了。

"穿在你身上也像赝品。"

"那穿在谁身上像正品?是不是艾小迪穿上才有味,才招摇啊!"

"好端端你扯别人干吗!"

"我看你是一会儿不见，心里都痒痒，亏得唐莺当年费尽心机给你找老婆——"

这对夫妻冤家无时无刻不在吵架，甚至在唐莺家也没有片刻的停歇。

这一夜，依旧是不眠夜。唐莺抱着毛毯靠在沙发上，分不清是睡是醒。

戴志强在失踪了36个小时后，依然没有一个电话。

第二天早上醒来，大家一致约定，再等2个小时，然后马上去派出所报案。谁料，在傍晚6点多的时候，唐莺的手机突然响了，是戴志强打来了。他的嗓音非常沙哑，像是遇到了什么重挫。他说自己出去办了点事，过几天就回来，那天吃饭走得急，也没给大家打招呼，你们别担心……电话还没说完，就被一个女人粗暴地挂断了，之后传来了一阵忙音。

"我觉得戴志强就在离咱们不远的地方，我刚才听到美食街的吆喝声啦。"唐莺此时兴奋了起来，拿上外套就要出门，这时才发现自己光着脚丫，于是折回身穿鞋穿袜子。接着徐珊珊和刘大象赶紧紧随其后，一起出门直奔美食街。

出租车在夜色里穿行，橘色的路灯照着大团的黄色落叶，夜晚很美，可是唐莺心乱如麻。

一行人杀到本市的美食街后，一家家找了起来。由于这条街是南北开放型的，徐珊珊和刘大象从马路东边找，唐莺从马路西边找。

可是找了五六个小时，饭店翻了个底朝天，服务员问了二三十个，一点线索也没有，连个戴志强的影子都没见到。徐珊珊和刘大象因为孩子放学哭闹着没看到爸爸妈妈，一个劲儿给他俩打电话，唐莺无奈让两人先回去了。

天渐渐黑下来了，这青黑的夜幕低沉沉的，压得人喘不过气来。整整一天，唐莺一口饭也没吃，此时她的脚都抬不起来了。

此时的唐莺，周身被恐惧包围，"那个电话里的女人是谁？她和戴志强是什么关系？"

思想正走神之际，唐莺的电话再次响了，唐莺慌忙接起，"志强，你在哪儿？"谁料，手机里传来一个女人的声音，"你是——唐莺？"接着电话里传来了争执声，随后还没等唐莺回答，电话又再次挂断了。

这女人是谁啊，看样子好像很生气似的，似乎戴志强就在她身边，他们在争执什么？两个人究竟在哪里？

有一瞬间，唐莺似乎觉得这个声音有点熟悉，可是怎么想也想不起来。

第九节

此时已经到了晚上 11 点，可以去派出所报案了。唐莺在去派出所的路上,又接到了戴志强的电话,"唐莺吗?我在光中路的理想茶行,你来这里找我,我着急见你,越快越好。"

光中路已经位于郊区了,他在那里干什么?他身边还有那位陌生的女人吗?

戴志强的语气很急促,一定是出了什么事情。唐莺顾不上多想,急忙要打车前往理想茶行。

可是这一路上根本拦不到出租车,驶过一辆有人,再驶过一辆还是有人,唐莺足足在街头站了20分钟,可是一辆空车也没有。

由于唐莺开的这家婚庆公司有多辆婚车,所以她自己也没配车,可是目前夜深人静,司机早就睡觉了,根本不可能来送她。无奈之下,唐莺一边往西郊步行,一边给马小帅打了电话。

"小帅,唐姐遇到了点麻烦事,现在要赶着去西郊,你能不能来送我——"

谁料放下电话的马小帅,仅仅15分钟就赶到了,"唐姐,出什么事了?"

唐莺示意对方别问,赶紧送她去西郊的理想茶行。马小帅就是这点好,不让问,就不问;不让说,一定不说,只管干活就行。

很快,在40分钟后,马小帅把唐莺安全送到了理想茶行。"小马,你不用进去了,赶紧回去休息吧,我没事,来这儿会个朋友。"

马小帅似乎想说什么,最终没说出口,之后,他的车子掉转了一个头,朝来路返回。

唐莺目送马小帅离开后,快步走进茶行,之后她被服务员带到了一个包间里。包间很大,装修也不错,戴志强坐在沙发上抽烟,面前的烟灰缸里盛满了烟头,看得出他脸上写满了焦虑。短短两天没见,他似乎老了七八岁。

窗户前面,站着一个女人,背影示人,身材颀长,一头卷发披肩而下,看得出很是时尚。她那十二公分的细高跟鞋配着一只手臂上的三只镯子,似乎无时无刻不告诉观众,这是个有故事的女人。

唐莺走进包间,叫了一声"志强"。戴志强没有接话,他表情复杂地注视着唐莺,似乎有千言万语,但却又无从讲起,于是一言不发。

这时,窗前女人的声音再次响起,"你是——唐莺?"

接着,她转过了身体,之后,唐莺看到了对方的面容。那是一张精致妩媚的脸庞,鼻梁高耸,唇线分明,尤其是那双眼睛,黑眸子诱人,开合之间分外灵动。

"天啊,怎么是你?!"这张面容让唐莺彻底惊呆了,这个女人的面容化成灰自己也认识。整整20年后,这个女人再次出现,而且是出现在自己丈夫的身边!并且两人已经不吃不喝在一起待了48个小时！他们究竟是什么关系？

来人竟是梁婷！

"你，你怎么会在这里？"唐莺发现自己已经不会说话了，心跳加速，结结巴巴，她连连后退了三步，眼睛明显有了恐惧的预感。

"唐莺，你怎么看见我吓成这样，胆子小得跟芥末籽似的，不至于，不至于……"梁婷的声音平静中透着调侃，得意洋洋。

"你们，你们认识？"戴志强终于发话了，只不过他的嗓音一夜之间变得陌生又沙哑。

"对，何止是认识？！"梁婷接话了。

"不仅认识，她还是我的红娘，她在我们感情出问题的时候，她给我介绍了一个丈夫。那个叫穆军的男人我根本一点也不喜欢，可是我想惩罚你，所以就和对方结婚了，然后很快我又逃婚了，之后我就消失了，现在我又回来了……"在梁婷轻描淡写的叙述中，唐莺却听清楚了她和戴志强的关系，这段前史让唐莺如五雷轰顶。

原来，梁婷私奔就是为了去追她的旧爱戴志强去了，而戴志强一直想向唐莺说明的自己之前的那段情，就是他和梁婷的故事。

"你，你的前男友——竟然是戴志强？"唐莺听到了她心脏裂开的声音。

"对,没错,我们不仅有爱,还有孩子!"

好像有支枪顶在了唐莺的太阳穴上。

梁婷依然是多年前的风骚样,虽然这句话是她贴在唐莺耳朵上悄悄说的,可是却格外震耳欲聋。

唐莺突然觉得眼前一黑,哐当一声摔倒在地上……

第十节

"好啦,别在这儿胡说了,你能不能消停会儿!我和你的事早就结束了。"戴志强一个箭步上前,把唐莺从地上搀扶起来。

"我问你,梁婷就是你一直要跟我讲述的感情前史吗?"唐莺颤抖着质问戴志强,对方表情复杂地点头。

此时的戴志强并不想隐瞒什么,"今天叫你来,就是想把话说清楚,梁婷此次回来是想与我再续前缘,我斩钉截铁地拒绝了她。可是她对你不依不饶,她嚷嚷着一定要见见我妻子的模样,否则她要大闹天宫!"

戴志强到现在也不知道唐莺和梁婷之间的恩怨,他以为就是两个女人吃醋的小把戏,话解释清楚就没事了。

"你怎么会和她好过?你知不知道她毁了我的一切!"唐莺伏在戴志强怀里捶胸顿足,泣不成声,之后,戴志强弄清楚了这一切的过往。

原来多年前,梁婷刚生完孩子就扔下法定丈夫穆军莫名失踪了,竟然是投奔她的心上人戴志强去了!这个男人自打出现在梁婷生活中的那一刻,就彻底偷走了梁婷的心。虽然戴志强对梁婷不冷不热,可是梁婷却像发疯了似的追求对方。中间戴志强为了拒绝对方,选择离开了一段时间,结果心灰意冷的梁婷无奈和穆军草草成婚。可是当她再次得知戴志强在新疆的消息后,竟然采取了最疯狂的私奔来纪念她的爱情。

当时戴志强和梁婷相遇是缘于戴志强的姐姐戴志玲。戴姐姐是个傻姐姐,至于傻的原因则归咎于戴爸爸。当时戴爸爸为了向上爬,得罪了不少单位的同事,他们干脆找戴志强的姐姐报复。一个黑夜,戴姐姐在下夜班的途中被人打伤了脑子。后来戴姐姐疯疯癫癫,慢慢变傻了。无奈之下,戴志强只得带着姐姐去了广州的亲戚家,在那里一边照顾姐姐,一边打零工求生。一次姐姐走丢,结果是到那里出差的梁婷下着雨给送回来的,对此戴志强非常感激对方。那次后,梁婷就开始主动追求高大帅气的戴志强。可是很快,戴志强就感觉到了这个女人生活作风不检点。在几番争吵,对方仍不悔改之后,认清了对方品质的戴志强选择了分手和逃离。

之后梁婷和戴志强分手了,戴志强选择去了东北,而梁婷不知下落。后来梁婷跟过好几个男人，但都没有下文，如今人老珠黄的她得知戴志强出过国、办过厂，在外面赚了大钱，于是打起了他的主意，大摇大摆回来，大大咧咧张口借钱，一脸纯情地要求再续前缘。

可是这怎么可能？戴志强已经和唐莺结婚了，况且自己早就和梁婷没有联系了。这次见面梁婷提出了 20 万元的分手费！

这怎么可能，戴志强觉得对方是发疯了，混砸了，在说胡话。

"我们早就没有关系了，所以我一分钱也不会给你！你的那些感情史，我没有兴趣听，也没兴趣知道，所以请你以后闭嘴。还有，请你以后尊重我的妻子，我不管你们认不认识，有没有什么过节，我和你的事已经翻篇了——"戴志强准备拉起唐莺离开，可是霸道的梁婷挡住了他的去路。

"如果我现在告诉你一件事，你一定不会再对她是这么友好的态度。"当戴志强表示不会给对方钱，并且告诫对方不要再骚扰他和自己的妻子时，梁婷彻底发飙了！她说出了一个令戴志强震耳欲聋的秘密！

"就是她当年弄丢了我们的儿子！那个丢在东北机场的儿子是你的！"

"当年我丈夫穆军发现儿子不是自己亲生的，一怒之下把孩子扔给了唐莺，可是她为了抛掉包袱，竟然把孩子丢在了机场！目前是死是活都不知道！"

"你竟然娶了一个亲手害了自己儿子的女人，这真是天大的笑话，你父母不会原谅你的！你们休想成婚！你的家人都会对唐莺恨之入骨……"在梁婷的歇斯底里的喊叫中，戴志强总算搞明白了，原来自己和梁婷之间还有一个儿子。而这个儿子就是唐莺口中那个"哥哥的儿子"，当年在东北机场走失，至今没有下落。

而造成了这一切局面不能完全怪梁婷，唐莺也是罪魁祸首之一！也许她真的是经受不住非议，故意弄丢的孩子……

"不是，不是这样的，梁婷确实生过一个孩子，穆军确实甩给了我，我为了生存确实以姐弟相称，可是我没有故意在机场弄丢他，我没有，天地良心！"此时唐莺的眼泪狂飙了出来，瞬间就泣不成声。

这世界，真他妈拧巴。

那年头小地方的人其实圈子挺窄的，效益好的工厂就那么两三家，谈恋爱的对象其实绕来绕去也绕不过那些人，所以人生兜兜转转，总能轮回于此。

不得不感叹，命运对唐莺的残酷。似乎老天就不愿意让她拥有一个能喘气的生活！

那晚，残酷的现实彻底把戴志强击垮了。原来，唐莺一直要对自己讲的秘密就是她和梁婷之间的恩怨啊！原来自己和梁婷之间果真有一个儿子啊，而这个儿子就是被唐莺弄丢在东北机场的！可是自己刚刚跟唐莺领取了结婚证，这个婚究竟要怎么结？难道自己真的要把一个害了自己亲儿子的女人娶进门？

老天！为什么要这样惩罚自己啊！

那晚，戴志强几乎快崩溃了，他一口气灌下了两瓶二锅头。之后，他甩下两个女人，跟跄着独自离开了包房，没有人知道他要去哪里……

看着戴志强一点一点消失的背影，唐莺的五官瞬间扭曲成了一个完全不认识的人。

天上有多少颗星星，A城就有多少颗恨嫁的心。唐莺是渴望爱情和婚姻的，却落得个伤心欲绝、支离破碎。她的泪，穿过不期而至的38岁和眼前的茫茫夜色，夺眶而出。

是啊，书上说得对，你十分爱的男人是不能嫁的，只能嫁那个你只爱几分的男人。这样，万一有一天他离你远去，你也能挺得过去。

浓重的夜色笼罩了整个天空，让人感觉异常的寒冷。在这个复杂又沉重的夜里，天空像用黑墨水浓浓泼了一道，亮出寂寞的银河。

天以为会白头偕老的，却一去不回头。

天以为会是一生一世好朋友的，却反目成仇。

唐莺在被梁婷骂了 20 分钟后，也踉跄着想站起身，离开包间。可是她站了几次，均摔倒了。这时，突然有一双有力的手臂搀扶住了自己，唐莺抬头，发现是马小帅。

"我一直没走，怕你出什么意外，所以一直守在门外。"对方解释着，替唐莺拿了外套，出门。

突然唐莺一下子扑到对方怀里，嚎啕大哭起来。那哭声惊天动地，似乎雷神水神也被她给招来了，片刻后，屋外倾盆大雨……

第三章
20年的磨难似乎是一场短暂的午睡

第一节

当戴志强被发现的时候,他已经在马路牙子上睡了三天。

当唐莺被发现的时候,她已经在戴志强的新房哭了整整三天。

可是戴志强回到家后,却对着唐莺一言不发。他不知道该说什么,也不知道该做什么,他只知道上天太可笑。很快戴志强收拾完一箱行李,准备离开。

"对不起,我现在想静一静,也不知道该怎么面对你,我们的婚事先缓缓吧。"无论唐莺怎么挽留,戴志强执意要走,唐莺愤怒,"还是我走吧,这本来就是你的房子。"可是戴志强不等对方话落,已经消失没了踪影。

看着戴志强在窗下一点一点消失的背影,唐莺如万箭穿心。她准备去找梁婷讨说法，她要去质问对方，为什么对自己如此残酷。

这时手机响了，她接到了店里员工的电话。

"唐姐，婚纱店说我们毁约，要交罚金。"

"唐姐，婚纱影楼说定好的日期不能改，否则一万元的定金不退。"

"唐姐，我们定的礼服也不能取消，对方已经下单制作，现在需要补齐全款……"

"好啦，好啦，婚礼不取消了！大不了我这个婚照结，大不了我自己跟自己结！"唐莺愤怒地吼完，狠狠摔了电话。是不是全世界的人都想看我笑话啊？我是不是天下最大的笑柄啊？

也许由于突发的事件太打击人，也许是唐莺这几日没合眼，神情憔悴，她拿出一支口红想补补妆，可谁料颤抖的口红根本擦不到嘴唇上。再也无法忍受的唐莺狠狠地把口红摔向梳妆台，结果梳妆台的玻璃瞬间破碎了，满地都是晶莹碎片，那个粘在玻璃上的大红"囍"字随之也四分五裂……

窗台上的那盆薄荷郁郁葱葱，小小的白色花蕊在阳光下摇曳，戴志强的声音再次响起，"新开瓶的红酒，一定要用薄荷嫩芽来调制，这样味道才纯正。"接着戴志强摘下了两片薄荷叶，"我们不是约好一定要等到结婚那一天才喝的

喜鹊人生

嘛！不能食言啊！"

这些声音依然那么清晰，可是终究化为了水中月，镜中花。

拥有的都是侥幸，失去的都是人生。

在三天前，两人还一起快乐地相偎相依，可是现在，却破镜破摔，分崩离析。

整整三天了，唐莺根本没吃过一顿像样的饭。这时她发现自己虚弱不堪又饥饿万分，翻箱倒柜只在电饭锅里找到了一点剩米饭，可是没有菜，怎么下饭。随后唐莺泡了一杯普洱茶，直接把茶水浇在了米饭上，干脆吃起了茶泡饭。

嘴里嚼着惨淡无味的米饭，唐莺又想起了自己在东北的那段日子。记得那时自己是戴志强的管家婆，而对方为了抗议，一直在食堂吃茶泡饭，结果弄得那段时间所有的人都对唐莺产生了恨意，对戴志强产生了同情。记得自己第一次看到戴志强吃茶泡饭的时候，那种惊讶的眼神，以及之后两人一起大快朵颐的欢乐。仿佛发生在昨天的事情一样，转眼间，这些就成为了过眼云烟。正可谓，物还在，人已非。

垫了垫肚子，唐莺感觉有了点力气。

接着，她杀到了穆阿姨家，她想找寻梁婷的踪迹。这个女人行无踪去无影,一直处于隐没的状态,可是前天的突然降临,却彻底把唐莺打入死牢。原来这些年间,穆军和母亲是有联系的;原来穆军早就找过梁婷,并且两人还离了婚,可是,可是这些为什么没有人来通知唐莺呢?

当唐莺敲响穆阿姨家门铃时,穆阿姨蹒跚着来开门了,当她看到唐莺时,俨然一怔。这套二手房穆阿姨已经搬来几天了,看样子住得还习惯。"穆阿姨,梁婷回来了,你知道吗?她找过你吗?"

穆阿姨显然不会说谎,支支吾吾一个劲儿否认,可是那眼神分明什么都知道。

"阿姨,原来穆军已经和梁婷离婚了,原来穆军一直和你有联系,你为什么不告诉我?"

穆阿姨否认,但是表情那么苍白,她浑浑沌沌地说:"那些过去的事,不想再提了,没什么好说的,莺子,阿姨老了,想过几天清静日子……"

唐莺听到这话也无限伤感,"我原本以为20年前的事已经过去了,可是谁知道,谁知道梁婷又回来了,而且我还遭了她的报应。阿姨,你知道吗,当初梁婷结婚不久失踪,就是和一个男人私奔去了,而这个男人——竟然是我现在的丈夫!"

唐莺的眼泪又飘了出来,她的这番哭诉彻底把穆阿姨给惊住了,"怎么会这样?怎么可能?这个梁婷真是个罪

喜鹊人生

孽——"

此时的穆阿姨应该说早已不恨唐莺了,这么多年唐莺一直未成家,饱经磨难的她好不容易找到了一段感情,却又被罪孽的梁婷给打入了死牢。

穆阿姨看着唐莺的样子,显然没吃饭,于是她安慰了两句,想去给对方找点吃的。

"你说谁是罪孽?"还没等她转身,梁婷在关键时刻赫然出现在了穆阿姨和唐莺的面前。

"你怎么知道穆阿姨住这儿?"

"没有我不知道的事,你不知道我天生长了一副顺风耳吗!你不知道再难追的男人我也能追到手吗?你不知道好女人最终只能赢得一个好字,可是坏女人却赢得全世界吗?!"梁婷依然穿着她那双12公分的细高跟鞋,眉毛下是挑衅和凛冽的目光。

"好啦,你这个女人不要在这儿害人害己了!"穆阿姨看不下去,开始替唐莺帮腔。很多年前梁婷是穆阿姨的儿媳妇,虽然现在离婚了,但是穆阿姨训斥的语气依然像对待自家的孩子。

"我今天不是来讨论廉耻的,我是来要我儿子的,你把我儿子弄丢了,说吧,这笔账怎么算?"梁婷的左胳膊上戴着3个手镯和手链,似乎想遮住她手腕上的一块疤痕,大概由于气愤,玉手镯、金链子和石榴石的链子不停地碰撞,传出惊心动魄像是断裂的声音。

"你把我害成这样,竟然还要倒打一耙,向我要赔偿金?举头三尺,举头三尺……"唐莺捂住胸口,说不下去了,眼泪在她的下巴上汇成水柱,成串成串砸到地板上。接着,她开始剧烈地咳嗽。

"把你那假惺惺的眼泪收回去,告诉你,我当初就不想结婚,我当初就没看上穆军,是你,是你非要拉郎配,非要让我相什么亲!结果不仅拆散了我和戴志强,也害了无辜的穆军。当然——这是旧话就不说了,那孩子呢?你把孩子弄丢了,目前死不死活不活,没准正在谁家遭这罪呢!没准变成一把白骨连个葬身的地方都没有!你敢说这件事上你也是问心无愧吗?在这件事上,你就是罪人!如果这个孩子长大了,知道你为了甩包袱,故意把他扔在了外地机场,他不拎把刀半夜把你当西瓜砍了,我就不姓梁!"梁婷站在唐莺面前,叉着腰,气愤地咆哮着,唐莺只觉得天昏地暗。

"你,你血口喷人——"唐莺感觉自己快要把五脏六腑都给咳出来了。

"原来,原来那个给我儿子戴绿帽子的男人竟然在这个城市!"穆阿姨刚才还为唐莺鸣不平,可是马上她就缓过了神,因为她永远也无法忘却这20年自己儿子所承受的屈辱,也无法轻松地把自己受过的白眼和罪孽一笔勾销。这一切，都太沉重，太沉重。

"不仅在本市，而且离得也不算太远！"梁婷唯恐天下不乱。

"实话告诉你吧，跟你儿子结婚后，我依然没闲着，这可不能说是我给你儿子戴绿帽子，因为我和戴志强的感情在先！"这个该死的梁婷，几句话就把穆阿姨脑门上的青筋挑起来了。

"我正要去找对方要钱呢，你要真想去，一会儿我打车捎上你。"梁婷看着唐莺脸色煞白的样子，感觉从唐莺这儿要不出钱了，所以使出了杀手锏。

"不要，穆阿姨你不能去！"可是无论唐莺如何阻拦，中了邪的穆阿姨也要去看一看戴志强的"尊容"，她要看看这个毁掉她儿子的男人长得什么模样！

接下来的故事就不以任何人的意志为转移了，完全到了失控的地步。

穆阿姨找到了戴志强的家，见到了戴志强的妈妈，结果还没等她骂出口，对方就一盆盐水把她从头浇到底。"见过这么傻帽的儿子，没见过这么难缠的妈，这跟我儿子有什么关系，你儿子愿者上钩，活该！给你两条路，要么把我们家点了，要不赶紧从这儿滚蛋！"

穆阿姨根本不是戴妈妈的对手，她气得手脚冰凉，浑身发抖，一句话噎在喉咙里，差点口吐白沫晕倒在地。

梁婷虽然见过大风大浪，但是她也是戴妈妈的手下败兵。

"见过不要脸的，没见过你这么不要脸的，腆着脸说给我儿子生了个孩子，那孩子呢？你把他给我领来，咱们去做DNA鉴定。想要钱连个假孩子也抱不来，你胆儿也忒肥了吧？别说我儿子跟你没关系，就算是把你给娶了，我今天也要给你剥层皮！要是搁在过去，皇上早把你给宰了，不对，是杀九族，沉猪笼，像你这种臭名声的女人永世不得翻身！"

梁婷本来是想要两钱花花的，谁料被这个牙尖嘴利的老太太端出的屎盆子扣了一脑袋，不仅招来了众多的看客，还把自己那点隐私脱了个一丝不挂！

梁婷气坏了，一边往外跑，一边嘴硬："闪开，闪开，告诉你，我梁婷闯江湖的时候，你们都还穿开裆裤呢！十年前我有万千宠爱，十年后我依然可以主宰人生。这钱我是要定了，不然我就让你儿子遗臭万年！"

"随便！"戴妈妈毫不示弱，哐当把一盆盐水扔在了看热闹的邻居身上，众人哗的一下散了去。

梁婷因为撤退得太急，结果高跟鞋断为两截，无奈她只得脱了鞋拎着走，她那一高一低的狼狈背影终于消失在戴家的胡同里……

结果当唐莺跌跌撞撞紧追慢赶赶到戴志强家时，看见了站在门前的戴妈妈、满脸怒容的戴志强和一个满地狼藉的院子。

"已经这样了，我想——我们还是离婚吧……"

唐莺终于听到了对方的这句心里话。

万箭穿心。

对于一个有罪的人，不止是坐牢才是地狱。喜欢钱的人，没钱就是地狱；想得到爱情的人，失去爱情就是地狱。唐莺知道，她的爱情即将要失去了，她痛苦地闭上了眼睛……

第二节

什么也别说了，两个人到了这一步，都知道已无法挽回。

即便唐莺说自己不介意戴志强的过去，可是戴志强也不能原谅对方弄丢自己儿子的那一幕。在这件事上，他宁可选择相信梁婷的说法——她为了甩包袱，故意把孩子弄丢在机场。

令人作呕的梁婷虽然暂时消失了，可是唐莺此刻却成了戴志强最大的心病和敌人，这个孩子成了唐莺的罪状，这个婚无论如何是结不了了……

两人都在后悔，为什么早点的时候，不把自己的隐私和真相说出来，否则现在也不会承受这么大的痛楚。

唐莺从戴志强的新房搬了出来，她回到了自己家，而且唐妈妈也略知了一二。女儿的婚事吹了，毛脚女婿跑了，当年的梁婷回来了，把一切都给搅黄了，而且风言风语呼啸而至，把唐莺说成了一个狠心的后妈，为了甩包袱丧尽天良地抛弃了孩子。

"妈，我的命为什么这么苦啊？"唐莺开始不住地咳嗽，仿佛天都要被她咳穿，胸口剧烈起伏着，脸上再次红云滚滚，唐妈妈吓坏了，赶紧拿来了冰块。

"你的肺是不是又不舒服了？"妈妈把冰块裹着布放到了唐莺胸口。

唐莺没有回应，她依旧咳嗽，说不上话来。

"我们去医院吧？"

唐莺摇头。

唐妈妈什么也说不出来了，说什么呢？自己生的闺女，像宝贝一样养大，可是还没长大，就跳出来一个梁婷，然后又不知道从哪儿冒出来一个野孩子，接着闺女的人生就被毁了，毁得片甲不留。怨谁呢，只能怨老天不长眼啊……

那个晚上，唐莺蜷缩在妈妈怀里一直睁着眼睛。她想起了她小时候的无忧无虑；她想起了那时爸爸对她的疼爱，哥哥对她的保护；她想起了刚参加工作那会儿的笑脸；她想起自己的酒窝里永远盛满了笑容；她想起了第一次领到工资的兴奋；她想起自己曾憧憬的梦幻婚礼；可是这些全都一去不复返了，现在是爸爸抱憾离世，哥哥远走他乡，最好的朋友落井下石，自己的爱人反目成仇……

仿佛——

一夜间，从夏季到冬季；

一夜间，从高尚到卑鄙；

一夜间，从万千宠爱到家徒四壁；

一夜间，从众星捧月到孤独无依。

这应该是电影里才出现的镜头啊，为什么会出现在我的身上？

还没等唐莺缓过神来呢，她的手机疯狂地响了起来。无奈接起，是徐珊珊的电话。"唐莺，大象，大象他——出车祸了，现在人还不知道能不能保住——你快来吧！快来吧！我就快活不下去了——"

珊珊是唐莺最好的朋友，原本以为自己会给她扫平婚姻障碍的，谁料想自己先被大闹了天宫，现在爱人离去，浮华散尽，谁料想闺蜜家又出了这么大的事情。唐莺不敢耽搁，抓了件外套，冲进了茫茫的夜色中。

此时的刘大象正躺在 ICU 病房里，他的左腿骨折，右臂粉碎性骨折，头部脑震荡，眼部也有撞伤，整个脑袋有篮球那么大，一句话，惨不忍睹。

当唐莺来到刘大象病房外面的时候,徐珊珊已经哭得快断了气。要说这对夫妻两天一小吵,三天一大吵,吵起来的时候都恨不得让对方出车祸下地狱,可是真正出了事,珊珊又像《简·爱》里的简·爱一样虔诚,寸步不离,肝肠寸断。

"究竟怎么回事?怎么突然出了车祸?"唐莺满脸的倦容配着两个大大的黑眼圈,短短两天工夫,她的人就瘦了一大圈。

"他,他今天和艾小迪一起出去玩,结果两人在高速上就调、调起了情,然后车就翻了,可是,可是那小妖精没事,大象,大象他昏迷了,满脸是血。小妖精害怕曝光,打了120就跑了……她竟然扔下大象跑了,她连来医院都没敢来——你说大象是不是瞎了眼啊,拿钱砸这种女人——"

"好啦,她当然不敢来医院了,不然你还不把她给吞了!她没准现在已经后悔了。"唐莺说道。

徐珊珊今天穿了一件迪奥的最新款大衣,感觉像个要参加检阅的元首夫人。她的腰间系了一条古奇的皮带,脖子上戴着香奈儿的珍珠项链,拎了个阿玛尼的包,左手戴了块浪琴的表,右手带着卡地亚手镯。怎么看,怎么觉得她出现在医院里不伦不类。

唉,每次珊珊这混乱的搭配,都让唐莺无语;每次珊珊把一切昂贵的时尚元素拥挤地堆在自己身上，唐莺都替她喘不过气来。

夜色降临了，可是刘大象依然在昏迷，唐莺不住地安慰珊珊，她准备去买两份盒饭，自己和珊珊都是一天水米未进了。

这时唐莺的手机又响了起来，"你好，我是快递公司，有您的鲜花。"

怎么又是送我的鲜花？唐莺一边纳闷，一边让对方送到医院来。待她买完饭回来后，一束漂亮的满天星再次出现在眼前。"谁送的？这时候还有谁给我送花？"

"除了戴志强还能有谁？"徐珊珊接了一句。

是啊，上次重逢时不就收到过一束吗？难道这一束是我们分手的礼物？此时的唐莺并没有太多反感和伤感，相反她把鲜花紧紧贴在脸上，就像她曾经把脸紧紧贴在戴志强胸膛上一样，仿佛在感知戴志强的体温。

有风飒飒地吹来，那么遥远……

有月朦朦地笼罩，那么洁白……

刘大象在昏迷了三天三夜之后终于醒过来了，醒来之后的第一件事，医生不是让家属进去探望，而是直接把患者推进了手术室。患者的左腿患处有骨碴，需要及时取出，之前因为未苏醒，所以不敢进行手术。

刘大象在出了 ICU 病房后直接被推进了手术室，手术的当口，唐莺一直陪在徐珊珊的身边。她在那群进进出出的医生中间，恍惚发现了一个熟悉的背影，但是她把这当成了自己连续两晚没睡觉的错觉。

可是在手术结束之后，有一位医生戴着口罩走出了手术室，他的口罩还没摘下，一副近视镜上全是雾蒙蒙的汗水，他的眉中长了一个小痣，小痣下面是一双细长的眼睛。

天啊，这不是穆军吗？他可是自己的仇人，可谓化成了灰自己也认识！

天啊，老天这是怎么了？为什么自己的仇人这些天全都现身了？

这么多年他究竟在干什么？为什么突然在这个医院出现了？难道他早就回来了？

唐莺心里止不住地打鼓，一瞬间那些屈辱的往事像刀片一样向她飞来，顿时唐莺变得血肉模糊。她上前一把撕下了对方的口罩。"穆医生，你还认识我吗？"

"唐莺，你疯啦，这是我们大象的主刀医生啊，你干吗对人家这样！"徐珊珊急了，一把拦下了唐莺的手臂。

谁料，被扯掉口罩的穆军一点也不惊慌，他似乎也在等待这一刻的到来，在他眼中最初的惊慌快速消失之后，取而代之的是出乎意料的平静，似乎还透出了一丝冷戾。

"我知道——咱们肯定会重逢的；我还知道——你把那个孩子早就弄丢了。其实丢了挺好，你解放了，我也解放了。咱们的恩怨持续了 20 年，现在的重逢正好是斩断恩怨、终结过去的一个机会。不是吗？"穆军非常平静，平静得让唐莺害怕。

这 20 年中，这个男人究竟经历了什么，为什么他的态度突然改变了，而且变得如此大反转。而他离开 A 市的那一幕，唐莺至今仍记得清清楚楚，穆军咆哮着，他的头发因咆哮而凌乱，他的斯文因咆哮而变形，他的眼镜因为咆哮狠狠掉在了地上，随后穆军又把满地碎片狠狠踩进了地里。这些画面永远定格在了唐莺的脑海里，为什么此刻这个男人变了一副模样？

那个晚上，唐莺不肯放穆军走，她要问问对方这些年到底去了哪里？到底在忙什么？到底和梁婷离婚了吗？到底回来看没看过穆阿姨？

结果穆军也不躲闪，就像知道两人迟早要有一次交锋，在深夜的医院里的那个长廊里，唐莺听到了对方的自述。

原来这些年穆军早就再婚了，这期间他还费尽千辛找到了梁婷，两人办理了离婚手续，并且梁婷亲口承认那个孩子不是穆军的，只是她不肯告诉他自己去私奔的男人是谁，她觉得和穆军没关系。而这些穆军并没有告诉母亲，他觉得妈妈太苦了，不想让她再受打击。这些年他发奋学习，读了硕士，又拼命进修，辗转深圳、广州、珠海好几个城市，跳槽去过七八家医院，但都没有最终稳定下来。

目前再婚的妻子去了美国读医学博士,他又离异了,现在孑然一身的他决定回到家乡。正好这家医院招人,他成功被聘。

这些年穆军很少和母亲联系,不是他心狠,是他心中有恨。当母亲颤颤巍巍告诉自己年轻时曾被唐厂长(唐莺父)追求并抛弃过的时候,穆军就止不住恶心。他觉得母亲的工作也是这样获得的,母亲先进工作者的奖状也是这样获得的,母亲涨工资的指标也是这样获得的,所以自己被唐莺算计了,被唐家报复了,也是罪有应得!

于是他开始鄙视母亲,甚至到了厌恶的地步。这些年穆阿姨一直靠自己的两个姐姐照顾和接济,儿子穆军很少回来看望她!而穆军也从没有把再婚的老婆带回母亲家过,他不想回,也不能回,因为他害怕一回来,那些臭名昭著的往事就会曝光,那么自己这段来之不易的婚姻也将朝不保夕。因此他斩断了和穆阿姨的一切联系,偶尔打个电话也是匆匆几句。对此,穆阿姨含泪默认了。

可是现如今,穆军再次被女人给甩了,似乎和十几年前梁婷走的时候一模一样。当一个40多岁的男人一切归零之后,他的内心开始由焦躁、愤恨变得异常的坦然、冷戾和无所谓。

穆军回到A市的那一刻,他就知道,迟早有一天会碰见唐莺的,不要问为什么,这是历史欠下的债,若干年后的今天,大家注定要重逢!

果然,这一天来了。

"你现在终于变得坦然了,可是我,我的人生却被你给毁了!"唐莺的肺病好像又犯了,不住地咳嗽,她用手支着墙,纤细的腰肢似乎时刻都会被折断。

"干吗要怨我,怨只能怨让梁婷私奔的那个男人!他是罪魁祸首,他应该下地狱!"穆军再次咆哮了起来,这段错综复杂的历史,没法让人平静。

"住口,不许你诬蔑我的未婚夫!"唐莺使出了平生的力气辩驳,由于激动,她的脸上红云滚滚,胸口剧烈起伏着。

"什么,他是你的未婚夫?!梁婷私奔的男人竟然是你的未婚夫?"穆军逼过来,似乎要把唐莺吞掉……

这世界,再一次拧巴了。

第三节

这个消息着实让穆军彻底惊呆了!

穆军竟然有梁婷的电话号码,他一个电话,梁婷竟然再次出现了。

接着,梁婷证实了这个消息。

于是穆军知道了,梁婷抛弃自己去私奔的男人竟然是戴志强,而这个情敌现在又要和自己的"红娘"唐莺成婚!

没准自己一开始就被涮了,没准唐莺和戴志强一开始就认识,不然为什么这两个人偏偏会走到一起?

穆军越想这里面的事越恼火,这个唐莺肯定是上辈子变来的毒蝎女人,一定是她故意挖坑让自己往里面跳,不然这世上的倒霉事为什么都让自己摊上了?"不行,我要找这个龟孙子男人算账去!他要赔老子的人生!"本已在穆军内心沉睡的那头愤恨的雄狮再次苏醒。

唯恐天下不乱的梁婷带着穆军找到了戴志强,于是故事中的两男两女在A市的一家茶馆"隆重"见面了。

火冒三丈的穆军站在戴志强面前一言不发,他腮上的咬肌狰狞地鼓着,戴志强的眼里也散发出了前所未有的冷峻,两个男人剑拔弩张!

"说吧,你和唐莺是不是早就认识?早就串通好来骗我?不仅让我戴绿帽子,还毁了我全部的人生!"穆军一拳击中了戴志强的眼眶,瞬间戴志强的眼睛肿了起来。

"我和唐莺以前根本不认识,我也不知道你们以前的恩恩怨怨,你这么诬蔑我没有道理!我只能说谁摊上这样的事都很倒霉。而且我可以告诉你,我也是刚知道的,并且因为这件事我和唐莺的婚事也取消了!"戴志强捂着半边脸,声音不卑不亢,依然不肯低头。

"你们别演戏了,你把我一生都给毁了,我替你照顾了一年孕妇,替你白养了一年孩子,你们倒好,现在假惺惺地掉两滴眼泪，过两天把我们打发走，你们就欢天喜地的成婚了！我告诉你，没门！你们俩毁了我的幸福，我也会毁掉你们的幸福！"穆军已经疯狂了，他面前已经有了5只摔碎的茶杯和一张掀翻的桌子。

"凭什么你的痛苦要让我来埋单，我也是受害者，我和唐莺都是受害者！"两个剑拔弩张的男人打了起来，瞬间包间里魂飞魄散，一片狼藉。

精明的梁婷一看这阵势早就跑了，她知道茶馆老板肯定要大家赔偿，于是她溜之大吉。临走之前，两个男人打得难解难分，她还顺势拿走了穆军掉在地上的钱包。

而此时的唐莺声嘶力竭地劝架没有一丝成效，但是她也不敢拨打110，最终老板打110让警察来平息了事态。可是，唐莺为此掏了2000元为地上这一堆碎片埋单。

派出所里，戴志强满脸是血，可是他不需要唐莺安慰自己，他依然一言不发。唐莺知道事情已无法挽回了。

最终，派出所对两个男人进行了罚款，唐莺替戴志强和穆军交完罚款后，她独自离去。

是该离开了，无疑现在是最佳的时候，也许唐莺上辈子欠这两个男人，所以这辈子她要替对方还债。那么现在罚金交完了，自己似乎也该彻底消失了……

"明天上午去办手续吧。"当天晚上，唐莺给戴志强打电话。既然两个男人都对她怨声载道恨之入骨，不妨自己就主动提出来吧,最起码还能给自己留点尊严。

"好吧。"看得出戴志强无辜又无奈。

世界那么乱,爱情那么好,遇见的很多,懂得的人太少。

很快,两人就去民政局办理了离婚手续。那天,暴雨倾盆,老天,好像是在鸣不平。

就这样,这对千疮百孔的恋人在经历了15年后的重逢后再次分道扬镳,不免让身边人肝肠寸断、唏嘘不已。

但是唐莺不再伤感。比起20年前的那场灭顶灾难,这一次仅仅像是个阑尾炎手术,而那一次俨然是一个换心手术。唐莺摸摸自己的心还在,她踏实了,于是选择继续前行。

台风再次刮走了,这次事后谁也没有选择离开,除了飘忽不定的梁婷。梁婷再次消失了,再也激不起任何人的话题。而唐莺、戴志强、穆军依然在这个城市生活,依然呼吸着同一片空气,可是再也没有了来往……

刘大象终于出院了,并没有落下什么后遗症,左腿恢复得不错,但是还需要康复训练。徐珊珊喜极而泣,搀扶着一瘸一拐的老公回家了。唐莺赶来接他们,一路上刘大象都在忏悔。可是他忏悔的不是自己,而是不该让唐莺来医院探望,这样她就不会碰到穆医生,这样他们就不会决一死战，这样就不会让唐莺被两个男人诅咒，并且还离了婚……

"莺子，刘哥对不住你，刘哥不该做手术，改日哥再给你介绍一个好的，质量、样貌、人品都杠杠的。"刘大象瘸了，依然挡不住他油嘴滑舌的魅力。

"跟往事干杯！"晚上，徐珊珊在自己的酒店宴请唐莺，她举起杯子，边安慰边散心。

"我没事，坚强着呢！"唐莺故作镇静，大口吃菜。

"哎哎哎哎，我说那服务员上菜怎么这么慢啊，我们点的东星斑呢，是不是又现去池塘钓鱼去了——别以为我是你们老板的家属，你们就可以怠慢我啊——我告诉你们啊，我开饭店那会儿啊，你们还穿开裆裤呢；我爱马仕的时候你们还阿迪达斯呢；我去澳门赌那会儿你们还念ABC呢……"打着刘大象特有标签的唠叨再次出现了，服务员如临大敌，像侍候老佛爷一样穿梭在这间叫"榴莲"的包间里……

那天晚上，唐莺喝醉了，由于徐珊珊还要送受了伤的老公，所以就近把唐莺送回了戴志强的家。当天晚上，戴志强并没有回来，可是午夜三点，门锁响了，戴志强意外地回家了。他意外看到床上躺着喝醉了的唐莺，一时间不知该如何是好。

由于只有一张大床，由于两人已经离婚了，所以戴志强只得在床边坐了一夜。他凝望着睡梦中的唐莺，心中无限伤感。除了心中对唐莺的怨恨，当然更多的是不舍和悔恨，他觉得唐莺的命太苦了。

其实他完全可以躺在床上，毕竟两人那么相爱。但是因为两人完全不可能了，戴志强不愿这样做；既然两人已经离婚了，所以他更不能玷污唐莺的尊严。

泪水不知不觉滴在了唐莺的脸上，唐莺醒了，她赫然看见了面前的未婚夫。不，已经不是未婚夫了，应该为陌路人了。

唐莺起身，整了整头发，觉得有点抱歉，她从包里掏出了房子钥匙交给戴志强。"你的钥匙，我这两天就会把我的东西搬走。"

"唐莺，虽然离婚了，虽然我们都有过失，但是我们也不必做仇人，20年前的事没人能说得清楚。"面前的戴志强也是眼眶红肿，天知道他也经历了怎样的挣扎。

"在我心里，你永远是我的恩人。"唐莺的话。

戴志强握住了唐莺的手，仅仅几秒钟后，他又松开了。

"知道为什么我在龙先生的葡萄酒厂里会花光所有的工资吗？"

唐莺摇头。

"因为我有个傻姐姐。"

唐莺惊诧。

"姐姐变傻跟我有很大关系,爸爸的仇人其实本来想暗算我,但是姐姐替我挡了。为了不让她在家里受欺负,那时我曾带她去投奔广州的亲戚。一次姐姐走丢了,在我焦急万分之际,是出差的梁婷冒雨把姐姐送到派出所的。后来我出于感激留了自己的地址和电话,谁料很快她就开始疯狂追求我,再后来她竟然辞了工作追到了广州。"

唐莺惊诧。

"可是后来我发现她行为不检点,一气之下带着姐姐离开了广州,去了东北。在那儿,我遇见了你。可是姐姐不适应那里的气候,病情加重了,她拒绝治疗,甚至把我辛辛苦苦买的药全部扔进了水里。后来千辛万苦攒的钱,又被一位庸医给骗走了。那阵子,我很消沉,拿钱消气,每月都把工资花光了,于是龙先生让你替我管钱。"

"你姐姐现在呢?"唐莺终于开口了。

"不在了。"

"什么意思?"

"死了,医生说其实她死了,也是一种解脱。"戴志强的喉咙里有了哽咽的声音。

唐莺惊诧,"这就是你当时不肯离开东北的原因?"

戴志强痛苦地点头。

唐莺的表情扭曲,一言不发。

片刻后,戴志强艰难地问道:"听说,小木耳走失的时候脖子上戴了一块我送你的翡翠挂件，是吗？"

唐莺点头。

"是那块浑身通透的玉观音吧？"

唐莺点头。

"那是个大师的作品，如果有缘，也许真的能遇见。"

唐莺没有说话。

"知道吗？龙先生也回国了，他在 A 市乃至全国都开了数家翡翠分店，我想去那里试试运气。"

唐莺没有说话。

"你有小木耳的照片吗？"

唐莺摇头。

"你有那个玉观音的图片吗？"

唐莺摇头。

戴志强露出了失落的表情。

"没关系，我再去想想办法吧。"

"丢孩子的事我有责任，找孩子的事我也有义务，有什么要帮忙的，就直接找我吧。"唐莺终于开口了，但是此时她知道和戴志强是彻底不可能了，对方的重心已转移到了丢失的儿子身上，而自己的感情完全排到了末尾。

"你难道没有怀疑过梁婷吗？当初那个孩子和穆军没有关系，也许这个孩子也可能和你没有关系。"唐莺说这段话并不是想挽回，而是想提醒戴志强，梁婷是个作风不好的女人。

"这个我也想到了,可是梁婷这么坚定,我姑且信她一回吧。"戴志强眼睛里有着不容置疑的坚定,唐莺不再说话了。

"好,多保重。"唐莺收拾好了自己的东西,拉着箱子出了屋门。这间屋子里唐莺只拿走了一件不属于她的东西,就是窗台上那盆薄荷花。

"新开瓶的红酒,一定要用薄荷嫩芽来调制,这样味道才纯正。"耳边再次回响起戴志强的声音。

那瓶两人20年前酿的葡萄酒一直没有机缘喝过,也许这辈子都不会再有机会品尝了,那就把这盆薄荷花带走,留个念想吧。

一切都结束了,唐莺回到了自己家。她把薄荷花摆在了自己的窗台上,接着把离婚证锁在了自己最下层的抽屉里。

旧时光呼啸而至。穿白衬衣的男人,淡淡的烟草味,一眼望不到边的葡萄园,小厨房的糯米鸡,赤霞珠的葡萄藤手链,葡萄缸里雪白的脚踝,《万水千山总是情》的曲子,通身满翠的翡翠观音,红彤彤的茶泡饭,窗台上的薄荷花,缠绵时挂在窗外的红月亮,小木耳在机场玩耍,梁婷那12公分的高跟鞋,她带了三只镯链的手臂,暴雨下领到的离婚证,以及戴志强决绝离去的背影……一一映现。

一切都结束了。

唐莺抬手灌下了满满的一杯红酒,这是一个没有牌子的红酒,不知道从什么时候起唐莺喜欢上了红酒,都说酒能解愁,但愿吧。

生活又一次给了唐莺无比沉重的打击,这让她坚信了自己是一个和婚姻无缘的人。不能否认,这个男人一直带给她生活的智慧和勇气。她认清他的那一刻,她才真正认清了自己。他是打开她生命的钥匙,却又在打开之后试图关闭。当她意识到这一点时,她听得见自己的心跳,却找不到呼吸,那种撞击胸口的钝痛,慢慢变得尖锐,像一把匕首直插进她的心脏。

至此,唐莺彻底关了心门,开始一门心思做生意。她成了名符其实的"业女人"——除了事业一无所有的女人,每天从早上8点忙到晚上12点。

可是这份事业却让她头疼,她甚至想把婚庆所低价转让了,因为她觉得自己这辈子只要干了"红娘"这个职业,自己和身边的人就会倒霉……

第四节

离婚后的戴志强把找儿子当成了头等大事,这些年他在国外打工积攒了一些积蓄,本想着给唐莺办一场轰轰烈烈的婚礼,可谁知根本用不上了。

戴志强凭借记忆把那枚翡翠观音画了出来,接着他拿到电脑打印店让专业人员帮他修缮,很快一枚栩栩如生的翡翠观音挂件摆在了眼前。拿到这张照片,戴志强就径直找到了龙先生。

这位叫龙锐的商人此时已在A市乃至全国开了数家翡翠分店,最近几年龙先生频繁往返中国和加拿大,缘于国内的翡翠业暴涨。商人的本性是牟利,所以葡萄酒生意再次退到了翡翠玉行的后面。

戴志强拿着那枚翡翠观音的图片来到他店内,委托对方帮忙寻找这枚玉坠。照片上是个冰种带翠的观音,四指大小。观音面容慈祥,手拿玉净瓶,环绕杨柳枝,身下的莲花座通身满翠,甚为养眼。

"这是我当年送你的那颗玉坠啊!你怎么把它弄丢了?现在最少值50万呢。"

"一次意外给弄丢了,我现在后悔得不行,所以希望能找到,哪怕一点点的机会也不放过。"

"放在这里吧,我会帮你留意。"龙先生把照片放大后,挂在了墙上。

戴志强深信玉觅有缘人,这种有灵性的东西也许会突然有一天重回主人的身边,也许儿子小木耳也会在他的不懈寻找下彻底现身。

虽然戴志强心里也打过鼓，梁婷生活作风很混乱，这个孩子是不是有可能不是自己的？可是已经年过四十的戴志强心里莫名生出一种柔软，无论怎么说这个孩子也是在自己生命历程中出现过的礼物，不管结果如何，于情于理于心，都要下定决心找一找……

那晚，龙先生请戴志强吃饭，席间他问到了对方的近况。戴志强说，他想再开一家葡萄酒厂，自己只会这门手艺，所以干不了别的。

龙先生笑，怂恿戴志强在自己不在国内的时候，帮自己看店。戴志强不置可否。

商场没有永远的敌人，也没有永远的朋友，只有永远的利益，最好的关系莫过于亦敌亦友，半是信任半是提防。龙先生对这句话理解得十分透彻，虽然他和戴志强是朋友，但是他也在处处利用对方赚钱。戴志强心知肚明，但从不说破。

接着，戴志强告诉对方，其实唐莺也在这个城市，两人之前马上就要结婚了，可是因为这个翡翠观音牵出的一个孩子，姻缘散尽了，好不可惜。

龙太太听完，一阵感慨。龙太太信佛，并且对唐莺印象也不错，原来她那么小离家打工，是因为这个原因呀，好苦命的孩子。她给龙先生下命令，挖地三尺也要找到这枚玉坠，也许孩子找到了，你们也能破镜重圆。

戴志强感激地敬了龙先生龙太太一杯酒。

皓月下,他一饮而尽。

唐莺再次回到了"喜鹊人生"婚典上班,但是她并没有投入工作,而是一点一点在浏览自己公司的网页、宣传画册、新人活动现场的照片、墙上的大红锦旗以及自己的营业执照。

接着,她召开了全体员工的大会。

唐莺的声音很平静,"我决定把店关了,别问我为什么,因为我也不知道为什么。这是你们每个人的遣散费,大家别嫌少。很高兴,你们陪了我这么多年。现在离开,我也很难过。希望大家以后还能有缘相聚。"

唐莺一一把遣散费发给员工,众人们全都炸锅了。

"唐姐,为什么呀?"

"唐姐,你把店关了,我们去哪找这么好的工作啊!"

"唐姐,你真狠心抛下我们啊……"

唐莺无言以对,只得说:"我会把店转让,会给你们一个过渡期,我会处理好的,相信我。"

接着唐莺让员工打出了转让的牌子,随后她筋疲力尽地走出公司门外,赫然看到眼前停着一辆黑色奥迪。是马小帅的车。

"唐姐,我刚听说了,上车吧,咱们去吃饭。"

"这才几点啊，去吃什么饭？"唐莺诧异，这个马小帅不年不节的，请我吃什么饭。

但是车子并没有因为唐莺的抗拒而停止，弯弯绕绕，来到了一家考究的粤菜馆。

"唐姐，累了这么多年，好不容易准备闲下来，那今天就好好大吃一顿。服务员，点菜！"马小帅今天的举动尤为豪爽。

"啤酒鸭、糯米鸡、蒜蓉丝瓜、椒盐扇贝、烤鸭、黄焖鸡、广式烧腊、清炒芥蓝、清炒西兰花、生菜蛤蜊汤……"马小帅一口气点了十几个菜。

"好了，好了，你点那么多菜干什么？我们两人有几个肚子啊？"

"吃不完打包呗，就算今天浪费一回又怎么啦！大不了下个月不过了，勒紧裤腰带，减肥！"

很快，菜就上齐了，马小帅一边吃，一边开导唐莺。

"唐姐，女人这一生能遇到很多男人，没必要为了一段感情唉声叹气的。"

"那个戴志强充其量就是个大叔，你看看你，现在都瘦成这样了，可没有原先好看了。"

"再说，40岁的女人正当年，捯饬捯饬，二三十岁的女人也不是你的对手。"

唐莺没想到对面这个小伙子，会这样贴心贴肺地安慰自己。上次在暴雨中，是他把自己送到了郊区的那个包间；这次关店，又是他把自己约出来吃饭散心，多么善解人意的小伙子啊！这么多年两人一直是合作关系，一直忙忙碌碌的，甚至没有好好地吃过一次饭。"今天，唐姐，跟你干一杯。"

"不要空腹喝酒。"还没等马小帅阻拦，唐莺要了一瓶红酒，自顾自地先干为敬。

"你总是不珍惜自己的身体。"马小帅抱怨。

"你总是对我介绍的女朋友不满意。"唐莺也抱怨。

于是两个人不再说话，自顾自吃起了桌上的菜品和佳肴。

唐莺回想，我这一年做了什么？除了遇见戴志强，其他空空如也。

似乎吃了数不清的美食，可是酒肉穿肠过，她回忆不起任何一道菜的味道。

似乎参加了数不清的婚宴，可是浮华散尽，她回忆不起任何一场婚礼的细节。

似乎喝了很多酒，可是酒醒之后，又像没醉过一样。

"我注定总是为别人做嫁衣裳——"唐莺的脸颊有了酒精的浸染，变得红润起来。

"不，你从今天起，你要为自己而活。人生一定要做自己的司令！"这是马小帅的话，唐莺惊讶地望着对方。

"唐姐,你发什么愣啊!这可是你教我的话呀!"

对啊,若干年前,马小帅来应聘,那时他刚出狱,处处碰壁,自己看他消沉,不知从哪儿拽来一句话安慰对方。这么多年过去了,自己都忘了这句话,可是小马却记得。

唐莺感激地望着马小帅。

人生一定要做自己的司令!这句话默默种在了唐莺的心底,并且在日后的岁月一直回荡在唐莺的脑海里。

徐珊珊这两天的情绪非常糟糕,原本指望红娘唐莺给自己的婚姻排忧解难的,谁料半途杀出来的"程咬金"穆军,彻底把唐莺的一段姻缘给搅黄了,自己成了遭人唾弃的罪人,这可如何是好呢?

为这事,徐珊珊还特意在给刘大象办出院手续的时候,找过穆军。"穆医生,你看看这事闹的,弄得我那姐们儿现在也跟心上人离婚了,你这边的旧闻也被挖出来了,现在待在医院里免不了有议论……我们家大象的舅舅是山东一家医院的院长,你要是想换工作,没准我们能帮上忙,要不我们帮你联系试试……"

"不用了,我不会离开。既然老天爷让我们遇见了,那就一口气把前仇旧怨说个清楚。我又不是罪魁祸首,我为什么要离开?"穆军穿着白大褂去开会了,医院走廊里弥漫着一股刺鼻的消毒水的味道，刺激得徐珊珊都喘不过气来。

今天，徐珊珊很早就来到了"思密达"酒店，一大早，就有值班经理向她反映，有位香港的游客连续两天向该酒店投诉。随后，徐珊珊见到了这位叫于巴克的港大学生。

小伙子瞳仁乌黑，牙齿雪白，穿着一件棒球衫，一头卷发在秋风里微微飘动，他眼睛里的纯澈以及高耸的鼻梁都忍不住让人想起希腊的雕像画。

18岁的于巴克家在广州，父母送他到香港上大学，目前刚大一，这是一个鲜衣怒马的翩翩少年，有着一个非常洋化的名字。他和未婚妻是旅游参团认识的，两人火速坠入情网，现在千里迢迢跑来A市筹备婚礼，谁料却出了这样一桩倒霉的事。

"您是总经理吗？是这样的，我3个月前在你们酒店订好了20桌订婚宴，并且预交了十万元定金。可是现在我未婚妻逃婚了，她的父母不同意我们的婚事，她迫于压力跑到了一个我找不到的地方，所以我现在要取消订婚宴，麻烦你把定金还给我——"

徐珊珊总算听明白了，这个小伙子的未婚妻跑了，婚事泡汤了，现在要我们退回他的定金。这怎么可能呢？"你才18，订什么婚啊？简直是添乱！"

"任何年龄都有爱的权利，再说婚姻法又没对订婚年龄有任何限制!"

两人掐了起来,徐珊珊当即拒绝了。一来婚宴的材料已经准备得差不多了;二来目前是结婚淡季,好不容易捞到一块肥肉,怎么可能轻易撒手?

"于先生,我理解你的心情,也同情你的处境,但这张条子上写的是定金,而不是订金。定金是不能退的。"徐珊珊好言解释,一副耐心样儿。

"怎么可以这样呢?怎么会是定金的定呢?肯定是你们诱导我!我完全不懂这里的行规!"小伙子怒气连连。

"你怎么能这么说呢?这上面是你自己签的白纸黑字呀!别以为你是香港人,我们就怕你!"徐珊珊气坏了。

"那你说,现在怎么办?我未婚妻跑了,你让我到那天跟谁结婚?"

"跟谁结婚是你的事,我管不了!我只关心你对菜品是否满意!"

"你这老板真是鬼迷心窍,我订婚都取消了,你让我订的这些菜肴怎么办?"

"吃不了可以打包,如果打包盒不够,我免费给你预定!"

"你这叫强盗逻辑!"

"注意你的态度!你去打听打听,现在旺季婚宴的预定是要交八成的定金的,给你已经很优惠了。如果你毁约,我那一天也订不出去了，我问你，我的损失谁来承担？"

两人的口舌战一直从上午10点打到下午6点，还没分出胜负，最后于巴克气得要打110求救。徐珊珊见状灵机一动，她想出了一个折中的办法。

"于先生，这样吧，我们一人退一步，这张婚宴订单在一年内均有效，这一年中你可以大胆去寻找自己的未婚妻，也可以再去认识别的女子。如果你信任我，我不仅负责介绍女友，还负责承办你的婚礼。"总而言之一句话，店老板徐珊珊铁了心要做一回"善人"，把这位尊贵客人的婚礼一包到底。

最终，于巴克看在店老板还要送他价值十万元的婚庆一条龙服务的附加值上，勉强同意了这个建议。于是那晚，于巴克落寞地离开了……

徐珊珊当年没考上大学，随后她接连去了几家国营厂矿求职均失败了，索性她就一直干个体。先是卖过水产，接着又承包了一个小宾馆，后来生意越做越大，这些年赚了不少钱，目前经营着一家连锁酒店，有餐饮有住宿，很有规模。虽说生意一直不错，可是从没有遇见过今天这种邪门的事，婚宴怎么可能退桌呢？徐珊珊直言晦气，拿了迪奥的手包就匆匆出门了。

于巴克前脚走，徐珊珊后脚就来到了唐莺的店里。谁料想门口挂了一个转让的牌子，让徐姗姗异常费解，她也顾不得纳闷,赶紧又马不停蹄地来到了唐莺家。接着,她一脸神秘地把唐莺拉到了卧室。

"我跟你说啊,我们酒店今天碰到了一桩倒霉事……要说倒霉啊,这小伙子比我更倒霉,爱情没了,未婚妻跑了,订婚宴也泡汤了。可是我转念一想,这是商机,你可以拯救他!"

"我可以拯救他?"唐莺觉得奇怪死了。

"对!"徐珊珊的脑海迅速跳出了一个两全其美的办法,接着,她兴致勃勃口若悬河地把自己的好主意讲给对方听。

原来,徐珊珊要委托唐莺给这个叫于巴克的小伙子介绍女朋友,而这个女朋友不能是别人,必须是她老公刘大象的小蜜艾小迪!

第五节

唐莺听完,暗暗吃了一惊,徐珊珊这着棋可够厉害的呀,一箭双雕啊!一来击退了刘大象的外遇;二来在于巴克面前她博名又博利,既是小伙子的救世主,又是他的财务总管。高!实在是高!

唐莺当时并没有表态答应,因为爱情和婚姻都是建立在两厢情愿基础上的,哪有这样带着目的去给别人介绍对象的,再说啦,自己还没吃够当红娘的苦啊?

"珊珊,我已经把店关了。"唐莺露出了倦容。

"哎呀,对了,我刚想问你呢,你为什么要转让啊?"

"不为什么,我自己都不知道为什么,反正我一干婚庆所,身边的人就会倒霉……"这时的唐莺突然觉得一阵反胃,她干呕了几声,没吐出来。

"你怎么了?没休息好?"

唐莺也不知道自己怎么了,不想吃饭,也不想动,总是觉得心慌,她以为自己肺病又犯了。

"你怀孕了!"徐珊珊盯着唐莺看了半天,猛然冒出了这样一句话。

"你乱说什么,我现在可没心情开这种玩笑。"唐莺不满地瞥了对方一眼。

"我压根没乱说,等我啊,等我回来啊!"徐珊珊抓起迪奥手包,就往门外跑,唐莺不知道这个神神道道的女人去干吗了,她也懒得管。

不一会儿,徐珊珊就举着一个验孕棒进门了。

"如果没被我猜中,刚才的话算我没说;如果被我猜中了,你就得按我刚才说的办!女汉子大丈夫,一言既出驷马难追!"徐珊珊的口气不容商量。

接着,徐珊珊强拉硬拽地把唐莺拉到了卫生间。五分钟后,结果出来了。果然被徐珊珊言中了,唐莺怀孕了!

怎么可能?怎么可能这样?唐莺彻底懵了!

这无疑是戴志强的孩子,对于37岁的唐莺来说,她不知道这算不算好消息。虽然早已打定了独身的主意,但是这个孩子无疑是上天送来的礼物,唐莺非常想留下她(他)。

但是自己已经和戴志强离婚了,而且不可能修复了,这会不会给对方带来不必要的麻烦?此时距离小木耳丢失已经15年了,这些年中唐莺无时无刻不在期盼着有个小生命能代替小木耳萦绕在自己身边,替自己驱走寂寞。现在她(他)出现了,难道自己要拿掉她(他)吗?

犹豫的当口儿,门铃响了,门外站着一个快递员,手中捧着一束满天星。"你的快递,请签收。"

"谁送的?"唐莺吃惊地问对方。

"对方不让留名字,不好意思,不能告知。"快递员转身离开了。

"肯定是戴志强——除了戴志强还有谁……"唐莺的心里瞬间飘过一丝温暖。

"唐莺,我们虽然离婚了,虽然都有过错,但是也没有必要做仇人,因为20年前的事没人能说清楚。"这是戴志强的话,唐莺依然记得,此时这个女人决定要留下这个孩子。

仅仅10秒钟的考虑后,唐莺意念坚决地对徐珊珊说:"我要留下这个孩子,不要让任何人知道,特别要对戴志强保守秘密!"

"你要自己养大这个孩子啊?单亲妈妈很苦的,你可要考虑好!"

"我15年前就是单亲妈妈,什么样的屎盆子没见过,什么样的苦没吃过,什么样的难没经过?这个孩子我要定了!"唐莺倒了一大杯红葡萄酒,一饮而尽。

徐珊珊一直在旁边抱怨,你是孕妇,你还饮酒,可是唐莺脸上没有一点恐惧的表情,她站在镜前,整了整衣服,接着手停在了腹部,"孩子,妈妈爱你,从今往后,妈妈来保护你。"

碍于徐珊珊的死缠烂打,唐莺勉强答应了对方的要求——给于巴克介绍对象。但是她有个条件,如果对方对艾小迪没兴趣,那就不能拉郎配!这是旧社会深恶痛绝的毒瘤,目前早就杜绝了,怎么能在自己身上重演呢?这简直有损伟大的人性。

徐珊珊兴高采烈地离开,可是她忘了一件很重要的事,就是需要给唐莺一张艾小迪的照片。徐姗姗太讨厌对方了,只是说:"你去了4S店,那个裙子最短的,腿最长的,长相最媚的就是艾小迪!"

于巴克这些天真可谓倒霉透顶,思密达酒店的十万元定金不退;女朋友的手机彻底关机;因为这场婚事自己也和父母决裂了，成了无家可归的人；一路打听跑到女朋友父母家去上演苦情戏，结果被对方父母当成骗子被轰出门外。

对方的理由是：你没房子，没工作，拿什么跟我闺女订婚，简直就是个骗子！哪来的哪回吧！这年头骗死人不偿命，亏我闺女有我这么个长脑子的妈！不然杀了吃都没肉！

于巴克看着钱包一点一点瘪下去，觉得自己不能再住酒店了。走投无路的他再次来到了思密达酒店，再次和总经理徐珊珊交涉，希望对方能把十万元定金还给自己。结果徐珊珊本来想发火，后来一想这个顾客留着还有大用场，他是自己的筹码啊！于是捏着鼻子好言好语百般安慰。

末了，徐珊珊给自己老公打电话，"大象，我有个顾客急需要租房子，你赶紧给对方找一套房子。环境要好，价钱要适中，第一个月的房租我出了，最好今天晚上能住过去。"

电话那边的刘大象大着嗓门就嚷嚷起来了，"哪有那么合适的房子啊，说今晚住就今晚住，这男顾客跟你是什么关系啊，指不定是你金屋藏娇的男闺蜜吧？"

夫妻俩各不相让地在电话里吵了起来，但是吵归吵，最终刘大象给于巴克很快找到了一套房子。徐珊珊为了笼络住这个小帅哥，亲自派员工去帮于巴克搬家。她忙前忙后热情洋溢的样子，让刘大象心生狐疑。"这男的到底跟你是什么关系啊？你都可以当人家妈了！"

徐珊珊直接一脚踩在了刘大象的脚上，踩得对方咧嘴露出了第七颗大牙。"我对他好，我养着他，是因为他有用！他可是我击退艾小迪的秘密武器！"

这句话徐珊珊说得太快了，光顾着自己口快了，不料却暴露了妇人心迹。

"好你个徐珊珊，准备把我的爱好赶尽杀绝啊，我最近可什么都没干，你还不放过我，我就不能有个精神知己啊！真够毒的，上辈子毒蛇精投胎的吧！"刘大象转眼就给艾小迪打了个电话，嘱咐她最近小心点，小心家里那婆娘会去找她算账。还有就是对方可能不会用一哭二闹三上吊的战略，她有可能曲线救国！

艾小迪一双大眼睛滴溜溜转，什么叫曲线救国，懒得去想，反正我是雷女我怕谁，只管放马过来吧。

于巴克就搬进了四环一个半新不旧的小区，他的对门邻居是一个天天研究葡萄酒的男人，他有好多藏书，喜欢收集水晶杯，喜欢收藏玉器，经常会有一帮玩玉的朋友来找他谈天说地。由于刚刚搬来，屋里什么都没有，于巴克找他借过锤子，借过凳子，借过胶水，对方都不厌其烦地借给他了。

随后，两人聊起了天，对方还问："为什么你父母会给你起了这么一个名字?"

于巴克笑着答:"我父母说我从小就喜欢喝咖啡,特别是星巴克,所以干脆起了这么一个名字……"

中年男人看于巴克笨手笨脚的也不会做饭,总是拿泡面充饥,所以经常叫对方过去吃饭。有一次,中年男人做了一锅糯米鸡,给于巴克盛了一碗,小伙子直言太好吃了,太好吃了。

这一天,唐莺假装买车来到了位于闹市区的这家汽车4S店,察言观色在寻找目标人物——艾小迪。此前唐莺只见过刘大象,而绵里藏针的刘大象每次出席场合从未带艾小迪现过身,所以唐莺对艾小迪一点印象也没有。而徐珊珊一门心思捉奸,但是却犯了一个大忌,她只告诉唐莺"那个裙子最短的,长得最媚的就是艾小迪",可是她却没有给对方一张艾小迪的照片。

唐莺走进了售车大厅,她看中了一辆小宝马,左右仔细查看,瞬间,就有一个伶俐的短裙女孩翩翩而至。"女士,你是看中这辆车了吗?"

唐莺打量着面前的这个女孩,的确是裙子最短,腿最长,长得最媚,她走路轻盈的样子,分明是学过舞蹈,又美又辣,名符其实。

"小姑娘,这车现在有优惠吗?"

"现在买车送保险。"

"还送什么?"

"还送脚踏垫,防护装甲,一套车衣,三个月的保养费,一年的免费咨询,嘿嘿,就是不送老公。"小姑娘说完,眨了眨眼睛。

"小姑娘,真会开玩笑。"唐莺断定自己面前的这个女孩,就是艾小迪。

"好,我最近是想换辆车,这辆小宝马有没有红色的?我想订一辆红色的,如果到货请通知我。"唐莺说出了自己的要求,她今天并不是来闲转转的,正好看中了一辆车,顺便把车也换了。

对面的小姑娘欢天喜地地递过来一张名片,"这是我的名片,车一到就给你打电话,我们保持联系。"唐莺注意到名片上写着"销售顾问:艾小迪"。

接着唐莺拉住了对方,她从包里拿出了一摞子婚庆的资料。"美女,我是一家婚庆公司的老板,现在我们那儿正在搞活动,我看你们这儿单身男女也不少,有没有兴趣来参加我们的约会之旅活动?全部免费的,没准能认识一串高富帅!"

售车大厅里顿时沸腾起来了,员工们一下子围了过来。

"有这好事?"

"免费的,干吗不去?"

"那好,这是嘉宾卡,我把这些卡片统一发给你们,到时候你们拿着卡片直接来就行了,我在喜鹊婚典,我叫唐莺。"

那天,唐莺喜滋滋地离开了,她走以后,并不知道售车大厅里有个年轻的小姑娘爆发出狂野的笑声。

这个人,就是艾小迪。

原来,兵来将挡,水来土掩,艾小迪早就有备而来。此前刘大象早就给艾小迪通气,说徐珊珊和唐莺正在一起密谋干掉你,让她有所防范,气呼呼的艾小迪把这句话彻底记在了心里。

果然,唐莺刚才见到的那位自称是艾小迪的女子,其实根本不是艾小迪,她是店内另一位售车员蓝蓝。唐莺好言好语拉了一番家常,先是买车,然后扯天气,最后总算把话题扯到了介绍对象上来。结果,一旁的艾小迪听完真相,当即对唐莺恨之入骨。"好啊!你们俩女人竟然用这种方法拆散我和刘大象,简直丧尽天良,那就别怪我不客气了!"

于巴克安顿下来之后,准备在 A 市找一份工作,人生地不熟的他于是去找对门邻居帮忙。他告诉对方自己很调皮,但是创过业,目前为爱辍学了,但是现在很想找一份工作。对门邻居听完,答应帮他留意。送客时还随手送给于巴克几本中国风土人情和社交礼仪方面的书。于巴克注意到，书的扉页上写着"戴志强"三个字。

第六节

　　唐莺从车行出来后，径直回到了喜鹊婚典，这阵子虽然挂出了转让的牌子，但是至今没人来接盘。现在为了给闺蜜徐珊珊出口气，自己还要率领员工再策划一场约会之旅，你说这叫什么事？正当唐莺准备进公司之际，身后突然有人叫她的名字，猛然间她的胳膊被人拍了一下。

　　唐莺一回头，看到了啤酒厂的老同事陈姐。"陈姐，怎么是你啊？"

　　陈姐因为厂子倒闭后一家人的生活都成了问题，现在几乎靠低保度日。目前她到处找工作，后来她听说当年的唐莺如今开的婚庆所效益不错，现在想来这里应聘。可是当她看到唐莺的婚庆所挂出了转让的牌子，非常纳闷，随即询问，唐莺不知该如何回答。

　　"小唐，你不知道，原先啤酒厂的众多职工因为厂子倒闭后，生活都非常艰难，有的人去街上卖菜，有的去给人家当保姆，还有的人已经偏瘫在床很多年了，只能靠低保生活。"

　　唐莺听完陈姐的描述，心里也非常难过，感慨万千。虽说这些人当年也是落井下石、造谣惑众的元凶，但是毕竟17年过去了，时过境迁，一切的憎恨都被岁月冲淡了。

这时陈姐很惭愧地告诉唐莺，当年往她身上泼脏水，给她扣上作风败坏的帽子，自己就是主使者。而且去市领导那儿告唐海洋厂长的状，自己也是始作俑者。谁料唐莺爸爸下台了，啤酒厂也倒闭了，所有的职工都失业回家了，目前大家生活拮据，都非常怀念企业效益好的时候。甚至，陈姐很后悔自己当年听信某些人的谗言去市里告唐厂长的黑状。

两人正说着呢，唐莺意外地发现戴志强开着车经过此地，由于他也看见了唐莺，更看见了唐莺公司门前的转让牌子，有些吃惊，下意识放慢了车速。

陈姐也看到了戴志强，结果她一眼认出了对方，小声对唐莺说："他父亲是一家葡萄酒厂的总会计师，外号'告状狂'，和啤酒厂是竞争对手，他们早就对啤酒厂的那块地虎视眈眈已久。当唐厂长的威信出现动摇时，他爸爸没少告唐厂长的状。后来啤酒厂倒闭了，他爸爸的葡萄酒厂吞下了那块地，之后又转卖给了房地产商，为此他爸爸也被检察机关送进了大牢。目前这块地，正在招租。"

真相让唐莺暗暗吃惊。原来戴爸爸是因此坐牢的，难怪戴志强一直不肯告诉自己原因。确实不太光彩，戴志强也许为父亲身上的污点苦恼万分。

戴志强也认出了陈姐，他觉得很尴尬，走过来和唐莺打招呼。"为什么要把店转让?"

"因为我一干红娘,身边的人就会倒霉。"唐莺还是这句话,她望着对面的男人,下意识摸了摸肚子。

戴志强不再说话。稍后,他告诉唐莺,自己现在在一所职业学校兼职教授农业课程,以后有机会还是想自己开一家葡萄酒厂。

唐莺点点头。

之后,两人再无交流。

千头万绪,根本理不出头绪。两人隔树相望,心中不免凄凉,这次再加上父辈的恩怨,看来两人是完全不可能在一起了……

这时戴志强车上下来了一个女人,缓缓朝他走来。那个女人高高的个子,清秀的五官,干练的短发,考究的穿戴,她的出现让唐莺觉得很陌生。

"志强,时间不早了,我们快走吧,不然一会儿办事的都下班了。"对面的女人催促戴志强,戴志强转身和唐莺告别,开车离开。

这女人是谁?是他新认识的女朋友吗?他们这是要去哪儿?是去领结婚证吗?还是要去办别的事?唐莺的脑海里开始胡思乱想起来。

唐莺想着肚子里的孩子,不免伤感起来,她想到这个孩子一出生将没有爸爸,她想到这个孩子也许终生都不知道自己的父亲是谁,无情无奈似乎早就充斥了唐莺的生命,所以这并未动摇她留下孩子的决心。

当天中午,唐莺请陈姐吃饭,心存善良的她一笔勾销了过去的恩怨,并把陈姐招聘为婚庆所的员工。但是陈姐毕竟是工厂出去的,对新生事物了解甚慢,吃饭期间,她就给唐莺建议:"小唐,反正你也想转让,不如你改行吧,开个超市多好啊,每月利润也不少,这样我们那些啤酒厂的老职工都可以来帮你。说实话,你目前的这个生意我真是力不从心。"这句话,说得唐莺动心了。

吃饭期间,陈姐又叫来了几个老同事,大家都特别怀念以前的上班岁月,七嘴八舌数落着把厂子搞垮的那些蛀虫,面对大家的窘境以及在大家的怂恿和建议下,还对老厂子有着情结的唐莺决定把将要拍卖给房产商的那块地(原啤酒厂)给抢回来。

这顿饭吃得很开心,末了唐莺和那些大姐们约好改日去竞标那块土地。这时唐莺的电话又响了,是徐珊珊。十分钟后,徐珊珊带着于巴克来到了唐莺面前。

"这位是我的好姐妹——唐总,她是婚庆公司的老总,是千里挑一的红娘,百里挑一的好老板,她手下促成过800多对新婚恋人。你有什么要求尽管给她提,她一准能办到。"徐珊珊也有一张伶牙俐齿的嘴,今天她的打扮还算适中，迪奥的大衣配上香奈儿山茶花的羊绒围巾，看上去很简洁。

那天唐莺见到了处在失恋中的于巴克，小伙子瞳仁乌黑，牙齿雪白，一头卷发在秋风里微微飘动，眸子里浸满了哀伤，煞是惹人同情。"我们这儿正准备举行一场大型的时尚约会之旅，人生没有过不去的坎，也不可以遗漏别的风景，如果你有兴趣认识别的女孩，我们诚挚地邀请你参加……"

就这样，唐莺和于巴克认识了，听了对方的陈述，唐莺也对目前婚恋市场这些丈母娘非常恼火。没房没车就别谈结婚，甚至连谈恋爱的资格都取消了，这简直就是中国式逼婚，这简直就是摧残人性的狰狞表现。

那天，唐莺的一些话缓解了于巴克悲伤的心情，唐莺给对方冲了一杯星巴克咖啡，对方很快就喝完了，之后他感激地望着唐莺，眼里有感谢也有期许。下意识间，于巴克觉得自己和这位美丽的唐总很是投缘，她那若隐若现的酒窝很有亲和感，似乎在哪里见过。

"你有孩子吗？"于巴克问。

"我还没结婚。"唐莺答。

"可我总觉得在哪儿见过你。"于巴克问。

"是吗？"唐莺答。

"也许是在梦里吧。"于巴克自嘲，接着他笑了，露出雪白的牙齿，一头卷发在秋风里微微飘动，眸子里有了欢快的表情。

这个周末的晚上，于巴克参加了唐莺在翠湖公园举办的时尚约会之旅。这个活动在三个月前喜鹊婚典就开始策划了，所以即便决定关门歇业了，也还是要不遗余力把这件事做好。暂且算作关门盛宴的告别之旅吧。

艾小迪来了，她的同事蓝蓝也来了，4S店的许多姑娘小伙子都来了，不死心的徐珊珊也来了，只是她戴着最新款的迪奥黑超，站得远远的，生怕被艾小迪发现。

唐莺让手下的员工促成了"艾小迪"和于巴克的好几次接触机会，谁料于巴克对这个假小迪一点也不感冒，相反他的眼睛落在了真小迪身上了。

那晚的艾小迪打扮得非常靓丽，一头酒红色的头发，一件象牙白衫，一条橘色灯笼热裤，衬出修长的腿。眼眉处有橙色的金粉亮片，一双剪水瞳在幻彩的霓虹中分外灵动。艾小迪的十个指甲涂着前卫的钻石黑，她耳朵上的大耳环配着她手上的骷髅戒指，似乎是告诉人们，这是个不按常理出牌的年轻人。

于巴克注意到艾小迪的脖子上挂着一枚翡翠玉佛。都说男戴观音女戴佛，佛祖是保平安的。由于于巴克的妈妈也喜欢翡翠，所以他立刻对面前的这个前卫女子有了亲切感。

于是于巴克热情洋溢地走上前打招呼，并递给对方一杯热咖啡。"你好，我叫于巴克，非常想认识你，请问能否告诉我你的名字吗？"

"臭流氓，想泡我也得洗把脸呀！瞧你那乳臭未干的样子，幼儿园大班还没毕业吧！切！歇菜吧你！我告诉你，咱俩打从娘胎起就是两路人，我嫁不出去也落不到你手上！我没地方住也沦落不到你的小单间里！赶紧滚，别在姐眼前添堵！"艾小迪抓过来那杯热咖啡直接浇到了于巴克的衬衣上，接着吹着口哨，扬长而去。

倒霉的于巴克才刚开始搭讪就被对方来了个"咖啡下马威"，连胸毛都被烫平了，他彻底傻了……

可是艾小迪心里彻底解气了，"好你个徐珊珊，好你个唐莺，找了个菜鸟就想摆平我，你们仨我一勺烩！"

约会之旅还在热闹地进行着，盛装中的男男女女举着酒杯穿梭在人群中，觥筹交错。

和外面的宁静相比，里面的嘈杂让人无法忍受，刚劲的音乐、叛逆的霓虹、抽动的人群、迷离的视线，手中的酒杯被变幻莫测的镁光灯蹂躏着，分不清楚什么是本色什么是戏中人生。

由于那天场面太乱了，徐珊珊和唐莺都没注意到这个情况，当然唐莺也没认出谁才是真正的艾小迪！

第七节

　　转眼就到了啤酒厂那块地竞拍的时间。此时，商家已经在外围盖好了两层门面房，对外招租。由于位居闹市，竞拍者跃跃欲试。

　　这一天，唐莺和陈姐还有十几位啤酒厂的老员工早早来到了凯撒大厦的竞拍地点，齐刷刷地等着对方开盘。在此之前，唐莺关掉了自己的喜鹊婚典，她手里盘活了上百万的资金。攥着这些钱，唐莺想盘下这块地，用来开家超市，一起和大伙开创一片新天地。一句话，她再也不想干跟红娘沾边的行业了。

　　为了这一天，唐莺还改换了发型，她减掉了留了 20 年的长发。

　　九点整，竞拍的商家陆陆续续进入了展厅，这时唐莺发现了一个熟悉的身影，是戴志强。在戴志强身边的还有一个女人，高高的个子，干练的短发，考究的穿戴，是上次见到过的女人。

　　他来干什么？

　　唐莺看到主办方抱着一大堆竞拍报告走上了主席台，接着大屏幕的展板上出现了价格板块的竞拍曲线图。这时唐莺注意到了几家强有力的竞争对手，其中就有一家名为霞多丽葡萄酒厂的竞标书。

这应该是戴志强的公司吧，他想竞拍这块地用来重建自己的葡萄酒厂？这大概是戴志强回来以后一直的心愿吧。那今天的此时此刻，自己和戴志强又是狭路相逢了……

果然，戴志强上场后很勇猛，一路高歌猛打，势如破竹。他身边的那位短发女人俨然是他强有力的后盾，她不停地用计算器按着什么，示意戴志强可以抬高价格，似乎胜券在握。

唐莺看到两人不时地交头接耳，甚至发出开心的笑声，心陡然乱了。此时唐莺已经把婚庆所转让了，好不容易筹到了钱，原本以为可以一展翅膀大干一场，谁料半道杀出来一个这么强劲的竞争对手。唐莺当时就崩溃了！接着，会场的角落里传来了剧烈的咳嗽声。

猛然间，戴志强回头瞥见了唐莺，继而看到了换了发型的唐莺，他竟然在第一时间没认出对方。他看到了唐莺眼中的惊讶和失望，瞬间明白了什么……

接着戴志强把短发女人拽出了会场，两人在外面待了好长时间，之后还发出了争吵声，接着戴志强退出了竞拍会，拉扯着短发女人快步离开了会场。

当天竞拍的结果，唐莺有如神助，成功拿下了一层门面房的租赁权，但是她并不知道这是戴志强的退出才成就的她。

与唐莺分手后的戴志强一直很郁闷，打不起精神。梁婷再次消失了，虽然没达到要钱的目的，却给戴志强扔下了一个永久的炸弹，就是失踪的小木耳。这个牵肠挂肚的儿子让戴志强彻夜难眠，于情于理于心他都要费力找一找，如果真的找不到，如果得到的是一个死讯，那么自己还是会对唐莺耿耿于怀。没办法，在亲情和爱情面前，人的本性都会选择前者。

裴海燕在戴志强最失落的时候出现了，她是个老姑娘，但家境不错，保养得很好。说起来两家是世交，裴海燕爸爸和戴志强爸爸是老同学，老战友，之后成了老部下，无话不谈。由于戴志强父亲出事的时候，裴爸爸碍于影响没有出面担保老战友，因此事后有些后悔。现在家里的千金左挑右挑自己却成了黄金剩女，内心焦灼不堪。好在裴海燕工作好，在银行工作的她正好能解决戴志强办葡萄酒厂的庞大资金问题。这次竞标，更是在幕后立下了汗马功劳。于是，裴海燕主动发起攻势，戴志强招架不住，勉强和对方有了来往。

但是戴志强永远都不会想到，他爱的唐莺，此时怀了他的孩子。

世界那么乱，爱情那么好，遇见的很多，懂得的人太少。

唐莺拿到租赁权的当天,就带领装修工人去看了一层的商铺,之后她提了自己的装修设想,想着很快自己的超市就可以开业,也算给啤酒厂的那些老职工有了一个交代,唐莺的心情好了起来。

这些天由于太过劳累,唐莺觉得自己的身体很不舒服,特别是腹部,总有一种下坠感。唐莺不敢大意,来到了医院检查。

还好,医生的诊断结果没什么大碍,这让唐莺大大松了一口气。但是医生发现她咳嗽不止,建议她去内科查一查,唐莺不想去,觉得是老毛病了,不想节外生枝,于是拿起自己的诊断报告出了门。

谁料,在外科走廊,唐莺偶遇了穆军穆医生。穆军看到唐莺后,一把拦住了对方的去路。唐莺以为对方又要闹事,大着嗓门嚷嚷了起来。谁料,穆军一反常态地对唐莺说:"唐莺,很想对你说声对不起,我听说了你的事,知道你离婚了,也知道了你给我妈买房子还贷款的事,我,我觉得很惭愧,不知道该说什么……"

穆军这反常的举动让唐莺彻底懵了,她以为对方又在耍什么花招,所以不顾对方阻拦,执意往前走。可是穆军执意道歉,总是挡着她的去路,这次惹怒了唐莺,两个人的撕扯中,唐莺的诊断报告从口袋里掉了出来。

"你，你怀孕了？"穆军愣了起来，很是吃惊。

"不关你的事，你要敢报复我的孩子，我现在就和你下地狱！"唐莺的脸上出现了誓死捍卫的表情，她紧紧地护住腹部。

在此之前，穆军说对方毁了他的幸福，他口口声声也要毁灭唐莺和戴志强的幸福！现在他的态度突然180度转变，难道是要对唐莺的孩子下死手？

"穆军，我警告你，你和梁婷跟我的恩怨仅限于我们这一辈，跟我的孩子无关。如果你敢对我的孩子打什么主意，我会拿生命跟你拼命的，我说到做到。"唐莺由于激动，脸涨得通红，接着剧烈地咳嗽了起来。她用手支着墙，仿佛腰肢时刻都会折断。

"你身体有病，需要做检查，咳嗽多久了？"穆军开始了职业医生的关心与询问。

"你才有病呢！"唐莺奋力推开了穆军的胳膊，冲出一条路，快速跑出了医院的大门。

当天晚上，穆军回了趟家，见到了母亲穆阿姨。自从他再次离婚之后，他终于又回到了母亲这个家，终于又认了这个风烛残年的妈。

这些年穆阿姨过得也很苦，儿子离家在外那么多年，从来也不通报自己的近况，少不了让做妈妈的为儿子担心。虽然因为梁婷和唐莺的事毁了穆军的一生，可是穆阿姨现在不再憎恨唐莺了。这些年唐莺也吃尽了人间的疾苦，特别是这套房子，唐莺出了四五十万，穆阿姨根本没能力还钱，让这个 70 岁的老人不知如何是好。

穆军离婚后，搬回到了这套房子里住。每个角落，每块瓷砖都是唐莺率领工人重新装修的，所以这个原来恨比天高的男人在这个狭小的 50 平米的空间里，渐渐地改变了原来的态度。他的惭愧和悔意一点一点泛了上来，他相信了唐莺的辩解，"我不是故意挖坑让你跳……连我自己都是受害者……"

其实这桩原罪的根源是梁婷。

唐莺是无辜的。

可是生活就是这么拧巴。

这天晚上，费力才打听出来穆阿姨家住在西郊的戴志强妈妈满脸怒火地闯上门了。那巨大的砸门声，像雷公发怒。

原来，上次穆阿姨去了戴志强家大闹天宫之后，戴妈妈心头一直压着一股无名火。现在儿子隔三差五被邻居议论，她恼火极了。戴妈妈望着梁婷闹得满院狼藉，一直耿耿于怀，所以一路打听，终于打听到了穆军母亲的家。今天，她冲上门，要回敬对方的大闹天宫！

"我不管那么多，上次梁婷把我们家房顶都给掀了，这笔账我就算在你们头上，即便她跟你儿子离婚了，那她也当过你家儿媳妇。她砸我多少样家具，我今天也得砸你们多少样，一样都不能少！"说罢，戴妈妈开始摔锅砸碗。

穆军见状赶紧冲上去阻拦，可是戴妈妈人高马大，非常彪悍，嘴里不干不净地骂着，手脚也一阵乱舞。一会儿工夫，地上已经满是碗碟的碎片……

此时的穆军已经怒发冲冠，梁婷再次消失了，可是她造的孽，她的坏名声依然无时无刻不笼罩在穆军的生活中。

正当穆军忍无可忍，马上要和戴妈妈引起冲突的时刻，戴志强和裴海燕从天而降了。"妈，你在这儿发什么神经？还嫌不够乱啊！"

"是啊，阿姨，犯不上和这些人置气，他们本来就没档次，气坏了身子划不来……"

裴海燕的话引来了穆军的强烈反感。"出去，赶紧给我出去，不然我打110了！我告诉你戴志强，我瞧不起你，不是因为你和我前妻梁婷有一腿，而是你抛弃唐莺天理不容！"

"我和唐莺的事不需要和你讨论。"戴志强对穆军很是反感，态度威严，不卑不亢。

"你不必和我讨论，我也不想知道。但是我想告诉你，你刚刚和唐莺分手才几天，身边就多了这么个矫情的女人！你有过什么承诺？你又有几分真心？"

"我有没有真心也是我和唐莺的事，不需要向你汇报！"

"我也没兴趣听你汇报，但是我想告诉你，你现在和这个女人在一起辜负了唐莺！"

"我和谁在一起是我的自由，我辜负没辜负唐莺也不需要你来当法官！"

"我就是看不惯！我看不惯你这么对一个命运多舛的女人！因为——因为她怀孕了！"穆军吼了出来，他这一嗓子把所有的人都给弄傻了。

"唐莺怀孕了？真的？假的？什么时候的事？难道是我的孩子？"戴志强心里一下子冒出了众多的问号。

可是他无论怎么拨打唐莺的手机，均是无人接听，是不是对方已经把自己删除了……

第二天上午十点，是唐莺超市开张的日子，老天爷很给面子，天空蔚蓝如海洋，大朵大朵的云似珠母贝壳，扇动着翅膀，华丽地舞着，开合之间分外灵动。此时她吸纳了原啤酒厂20多名员工，大家都对这得之不易的岗位分外珍惜，格外卖力，超市大门前鲜花爆竹热闹非凡。

突然，戴志强出现在唐莺的面前，他一把攥住了唐莺的胳膊，用力拉在一边低声问："穆军说你怀孕了，这是不是真的?!"

唐莺猛然愣了一下，但是很快哈哈大笑起来。

"你信吗？你信你的情敌兼仇人说的话吗？他在造谣，

谁信谁傻！他这是惟恐天下不乱！他早就说过要毁掉我们俩的幸福，你这么快就上当了！真是天真！"

唐莺的话滴水不透，这通话让戴志强猝不及防，紧接着他脸上的表情松弛了下来，然后他冲唐莺点点头，表示明白了。似乎他还想说什么，这时，戴志强的身边再次出现了那个女人，高高的个子，干练的短发，考究的穿戴，是裴海燕。

"认识一下吧，我叫裴海燕，唐莺，你好，祝你的店开张大吉！"裴海燕伸出了手，眼睛望着唐莺，但是眼神里叠加了许多内容，有疑问，有热情，有关心，还有言不由衷。

唐莺伸出手，微笑地回应，"谢谢，你们俩很般配。"

想爱不能爱，想留不能留，再没有什么比这个更难受。

第八节

超市由于定位准确，很快生意火爆异常，原来厂子里的老大姐都发挥了举足轻重的作用，看着大家都拿到了热乎乎的薪水，每个人都露出了久违的笑容，唐莺的心里也特别开怀。

但是唐莺心里依然有着烦心事，现在是孕期两个月，如果再过两个月，肚子就显怀了，那么如何应付戴志强以及身边人的疑问和盘查呢？

算了，先不去想了，越想只能让日子越沉重。如果现在戴志强真的有了自己的新感情，那么自己就祝福他吧。

这天穆军来到了超市，赫然站在了唐莺的面前，一下子令唐莺很不适应。

"你有什么事？"唐莺冷冷地问。

"我是来还你钱的。"穆军答。

"还什么钱？"唐莺还是冷冷地。

"上次你给我妈买房子，你垫了40万。"穆军门清啊。

"我都说了，这是我和你妈之间的事，你来搅和什么？"唐莺不耐烦。

"我妈的事就是我的事。以前我不懂事，不愿意回家，不愿意认这个妈，可是现在我发现自己错了，40岁了，也该活明白了，那么这笔钱我就得还给你。"穆军的嗓门突然提高了，看得出他很激动，也很真诚。

接着穆军掏出一张存折强塞了过来，"这是20万，先还这么多——"

唐莺推让，刚想训斥对方，一抬眼看到戴志强站在离自己不远的红酒柜台前望着自己。

那么刚才的一幕，戴志强全都看到了，估计我和穆军的对话他也听到了。唐莺心想。

"原来那套房子是买给穆阿姨的？你当时怎么不跟我说清楚呢？难道你以为我会责备你吗？"戴志强走了过来，半是埋怨,半是心疼。他心疼自己误解了唐莺这么长时间,让这个泡在委屈罐里的女人又受了一次委屈。

"唐莺给我妈买房子怎么了,她花的是自己的钱,用得着跟你打招呼吗?再说了,你跟唐莺已经离婚了,管得着我俩在这儿说什么吗?"穆军压根就看不惯戴志强,不管是从前还是现在,所以拼命找茬。

"再怎么说,我和唐莺也做过夫妻,而你呢?你是诅咒过她的仇人!拍拍良心问自己,你接近唐莺是不是有着不可告人的目的?!"戴志强也不甘示弱,他看出了穆军的不怀好意,他看出了穆军试图接近唐莺是想报复唐莺的目的,所以誓死捍卫他心中仍然爱的女人。

"你别血口喷人,我能有什么目的?"穆军腮上的咬肌狰狞地鼓起。

两个男人较上劲了,越吵越凶,可是唐莺却无话可说,她大喝一声,让两人住口。戴志强和穆军俨然一愣,悻悻地杵在原地。

这时裴海燕再次出现了,还是干练的短发,考究的穿戴,她走过来挽着戴志强的手臂,莞尔一笑,离开了。

穆军望着对方的背影,再看看唐莺的表情,似乎想说什么,最终也一言不发地离开了。

这时陈姐跑上来安慰唐莺,看到对方的脸色有些发白,嘱咐唐莺注意休息。陈姐手里拿着一张招聘广告让唐莺过目,唐莺的超市由于业务扩张,急需招聘一系列人才,包括企划、宣传,以及市场营销。"招聘的事你做主就行了,不用事事都汇报。"

由于唐莺怀孕的消息只有穆军和徐珊珊知道,所以唐莺在员工面前极力掩饰自己的疲倦。"陈姐,我没事,你去忙吧。"

可是陈姐并没有走,而是和唐莺拉起了家常。她说,刚才戴志强旁边的那个女人,叫裴海燕,是戴父一位世交的女儿,目前在追戴志强。裴海燕家里有钱有势,前阵子想资助戴志强来竞拍啤酒厂这块地,以便帮助戴志强事业有成。谁料竞拍的时候戴志强临时反悔了,不竞拍了,惹得裴海燕大动肝火,据说这两人已经交往很久了,裴海燕一直在等着对方向她求婚。此外裴家花了好多钱活动,不久前,让戴志强的父亲减刑释放了。目前,戴志强承包了一个小型葡萄酒厂,自己研发了好几个红酒新产品,还想着往咱们超市送货,今天就是来看看行情。

这段话让唐莺呆愣了好久,戴志强果真已经有心上人了,而且那个女人为戴志强做了那么多事,他的爸爸竟然也提前释放了。那是不是就意味着,自己和他再也不可能了……

此时太阳渐渐西斜,初秋的夕阳柔和地漫洒下来,映射出了一地温暖,可是唐莺此刻却心乱如麻。

不是所有的爱情都能够化为深情，有时候越深的情越成不了眷属，热望散尽，变成荒凉。

再抬眼望向窗外，天穹下的暮色，正一寸寸黑去。

徐珊珊这些天的日子非常不好过，究其原因是刘大象得知了老婆和唐莺一起给艾小迪拉郎配的事，小蜜朝他发火，他朝自己老婆发火。整整一个月，刘大象都没碰过徐珊珊。

徐珊珊想去找唐莺诉苦，可是多日不见的于巴克又来到她的酒店纠缠，令她头疼不已。原来这个帅小伙求职一直碰壁，身上的积蓄越来越少，因此他又来恳求徐珊珊把他的十万元定金退还给自己。

"你的房子是我帮你找的，不能说我没关心你。"

"你第一个月的房租还是我付的呢，不能说我没照顾你。"

"安排你参加喜鹊婚典的约会之旅，我还替你交了2880元的入场费，不能说我对你不管不问。"徐珊珊快言快语，根本不给于巴克说话的机会。

"是，这些我都知道，我也很感谢你，可是我现在真的遇到困难了，能不能先把定金还我，救救急，徐老板。"于巴克用了一种哀求的语气，眼睛里满是怜悯，一头卷发依然在秋风里微微飘动，远远望去，煞是可怜。

"这样吧,小巴克,我朋友的超市正在招聘员工,你怎么说也是港大毕业生,我把你推荐过去,保你找一份月薪不菲的工作。"

结果,在徐珊珊这张三寸不烂之舌的鼓动下,于巴克顺利见到了唐莺,也顺利通过了面试,于是他歪打正着成功应聘到了唐莺的超市做了一名宣传企划。

得知于巴克应聘成功的那个中午,徐珊珊做东,把唐莺、刘大象一起叫来,为于巴克庆祝。其实这顿饭是假模假样的,真正的目的是堵住于巴克的嘴,让他别总来酒店要定金!

这顿饭吃得不温不火,因为无论徐珊珊怎么解释,刘大象都觉得自己老婆和这个叫于巴克的小帅哥不正常,又是嘘寒问暖,又是倒茶夹菜,太不把我这个老公放在眼里了!刘大象气得在桌子下面,踩了于巴克好几脚。

席间,唐莺说自己因为开超市太忙,也顾不上照顾妈妈,最近唐莺妈的心脏病又犯了,想找个保姆照顾,并嘱托刘大象和徐珊珊帮自己物色,刘大象不接茬,徐珊珊满口答应了。

当天晚上,艾小迪一个电话把刘大象叫出来吃火锅。她说自己这些天非常非常恼火,恼火得想冲过去把徐珊珊和唐莺的店用十斤爆竹给炸了。究其原因就是这两个女人合起伙来给自己介绍对象拉郎配,这太恶心和恶毒了。

"找了那么一个乳臭未干的小毛孩子,怎可能是我的菜?切!知不知道现在眼缘最无价?你说这世道,什么庸俗的女人都可以插手我的爱情,简直,简直可以让她们下地狱……"

艾小迪今天穿了一件格子衬衫,胸前打了个结,露出性感的肚脐,她的两只耳朵上挂满了十二生肖的袖珍耳环,线条立体的五官此时彰显出霸气。

"知道,知道——"

"庸俗,庸俗——"

"地狱,地狱——"

刘大象百般安慰,依然抚不平艾小迪的怒火。末了,他无意间透露出其实唐莺最近也不顺心,她妈妈最近心脏病犯了,想找个保姆。

"她妈妈想找个保姆?"艾小迪的眼前猛然一亮,酒瞬间就醒了。

第九节

唐莺的超市前前后后吸纳了原啤酒厂20多名员工。大家都对这得之不易的岗位分外珍惜,格外卖力,很快超市的生意火爆异常,转瞬间成为了当地的纳税大户。

此时的唐莺心情总算不再纠结,原来自己不干红娘,也可以在别的领域做得很好。

于巴克经常会把一些西方超市的经营模式运用到超市客人的身上,每次都能取得意想不到的效果。比如他把一些不好卖的新产品,为了打开市场就和易卖品绑在一起销售,往往都能打开不俗的局面。上次厂家在推销一款洗涤剂,于巴克把盐和牙膏这种必需品作为赠送捆绑在了这款洗涤剂上,结果仅仅用了半个月就打开了市场。

唐莺为了奖励于巴克,随即提出请对方吃饭。在吃饭期间,唐莺和他聊起了家常。于巴克还是坚持说:"我总觉得在哪里见过你,可是就是想不起来。"

唐莺笑,不太放在心上。

"你在哪里长大?"

"广州。"

"父母都在广州吗?"

"爸爸目前在香港做贸易,妈妈待在广州,两个姨妈和姨夫都在香港。"

"你父母就你一个孩子?"

"嗯,我长这么大好像没听说自己还有弟弟妹妹。"于巴克笑,露出雪白的牙齿。

"上次约会之旅有收获吗?"

"是遇见了一个女孩子,很投缘,但是对方对我非常不友好,直接把咖啡浇在了我的衬衫上。"

"那个女孩学过舞蹈,又美又辣。所以嘛,喜欢对方就得拿出真心,付出代价。"唐莺至此也不知道,于巴克喜欢的这个艾小迪是真小迪,而自己那天在车行见到的小姑娘是个冒牌货。

"你能把她的电话留给我吗?"

"干吗?"

"我想约她。"

"可以啊,我们的宗旨就是成人之美,当然欢迎你主动一点了。"唐莺稍后把艾小迪的电话给了对方,于巴克拿到后,脸上露出了轻松的表情。

"知道吗,艾小迪的脖子上挂着一枚翡翠玉佛,我的邻居戴先生也喜欢研究翡翠,我妈妈也喜欢翡翠首饰,怎么我身边的人都这么喜欢翡翠呢?"于巴克不经意间说出的这个信息,让唐莺非常意外。

"是翡翠玉佛?还是翡翠观音?"唐莺脑子似乎猛然迸出了点什么。

"是一枚玉佛,不是观音。"唐莺知道自己猜错了,长长出了一口气。

"你刚才说,你的邻居——戴先生?他叫——"唐莺疑惑,似乎又想起了什么。

"戴志强。"于巴克接得很快。

喜鹊人生

"他还喜欢研究葡萄酒,他似乎快结婚了,女朋友整天来给他做饭,偶尔还会叫我一起过去吃。"于巴克并不知道戴志强和唐莺的前史,他不知道他说的这些话给了唐莺多大的伤害。

世界真小啊,原来于巴克和戴志强是对门邻居,那么自己的一举手一投足,对方都了如指掌。

唐莺不知道该说什么,只顾埋头吃菜,于巴克很喜欢吃京酱烤鸭,他塞得嘴巴要爆了,还乐此不疲,模样狼狈不堪,滑稽不已。

"唐总,能不能再要一份烤鸭,我没吃够。"

"这么大一只鸭子,还不够你吃啊?"唐莺吃惊地望着这个1.83米的小伙子。

"嘿嘿,其实我是想打包回去给戴先生尝尝,因为他总是请我吃饭。"于巴克的话很有人情味。

"好吧,服务员,再来一只鸭子,带饼,带酱。"唐莺听到对方是带给戴志强吃的,立刻不再发问,乖乖结了账。

也许在心底还是有不舍的眷恋吧,也许他终归是肚子里小生命的爸爸吧,所以人的一生,总有一些说不出的秘密,挽不回的遗憾,触不到的梦想和忘不了的爱。

接下来的一周,唐莺去了外地出差。很快她接到了妈妈的电话,唐妈妈说保姆找到了,是个手脚勤快、干净麻利,还有眼色的小姑娘,自己很喜欢。正在外地出差的唐莺接到这个电话后,心里很高兴,她马上告诉妈妈保姆费自己负担,只要对方将她照顾好即可。可是唐莺万万没有想到,这个小保姆竟然是潜伏进唐家的艾小迪!

原来艾小迪敢想敢干敢冲锋,白羊座的她敢爱敢恨,做事情不计后果。当她偶尔从刘大象的嘴里得知唐莺家里要找保姆时,一个大胆的想法产生了!

一个秋高气爽的下午,艾小迪辞去了4S店的工作,成功应聘到唐莺妈家当了一个"朴实"的小保姆。为此,她改了穿戴,重新恢复了黑头发,去掉了手上的骷髅戒指,拿掉了耳朵上的6个大耳环,洗掉了大腿上的玫瑰文身,擦掉了恐怖的黑指甲和大大的黑眼圈。当穿上一身水粉的家居服,扎着两条小辫的小姑娘站在唐妈妈面前时,估计谁也认不出真正的艾小迪了。

这一次她口风很紧,连刘大象也没告诉。艾小迪下定决心要给唐莺点颜色看看。她对这个女人搅乱了自己的感情,弄得现在她和刘大象约会偷偷摸摸的现状,非常恼火!此前,她从刘大象的口里得知了唐妈妈的住址、口味和爱好。但是刘大象和徐珊珊做梦也没想到,艾小迪潜伏到唐莺家去报"相亲之仇"去了。

唐妈妈最近身体很不好,头晕眼花,而且心衰很厉害。唐莺的父亲去世后,母亲的身体就一直不好,唐莺的哥哥离婚后去了深圳发展，除非过年过节，平时很少回来，所以照顾母亲的重任就落在了女儿身上。唐妈妈很喜欢手脚麻利的小露，这是艾小迪的化名。虽然艾小迪很多菜都不会做，但是她虚心好学，另外她幽默可爱，喜欢开玩笑，把唐妈妈逗得一乐一乐的。

于是很快，艾小迪在唐妈妈的指导下学会了丝瓜蒜蓉汤、糯米鸡、南瓜蒸水蛋、清炒瓜条、清蒸鲈鱼等等。结果菜肴做好了，小姑娘吃得比老太太多多了。有一次，艾小迪摸着圆滚滚的肚子竟然在沙发上睡着了，最终是唐妈妈把地扫了，把碗刷了，把桌子给收拾了，末了还给艾小迪盖上了被子。艾小迪醒来之后虽然有些惭愧，但是很快就消失了，因为这是她报复计划的一部分，就是要惩罚唐家的人。

由于唐莺一直在出差，况且徐珊珊也不经常出现在唐母家，所以艾小迪在唐母家待得风平浪静，相安无事，一个月3000元的工资更是让她乐开了花。唐妈妈人很好，拿艾小迪当亲孙女看待，有时候她睁一只眼闭一只眼不去说什么，好吃好喝好招待，没事两人还一起唠家常。唐妈妈说自己这辈子不知道造了什么孽，儿子离婚再婚后迟迟生不出小孩，女儿压根就不想踏进婚姻的门，弄得自己70多岁了，还没抱过孙辈。

接着她拿出自己女儿的照片，不停地抚摸。照片上的唐莺只有四五岁，穿着背带裙，长着一头卷发，像个可爱的洋娃娃。唐妈妈说自己很喜欢小孩子，特别是艾小迪来应聘时，自己一下子就把她当成了自己的孩子，喜欢上了她。"要是唐莺早点结婚，早点生孩子，估计小孩也有你这么大了。可是她命不好啊，先是一个男人毁了她的名声，现在又一个男人毁了她的婚姻……"

唐妈妈说到伤心处禁不住泪流满面，手指不停地颤抖，满是皱纹的脸上老泪纵横，艾小迪第一次对唐莺的感情史发生了兴趣……

唐莺的超市由于定位准确，生意火爆异常，效益每个月都稳稳地递增着。这时她提出要给自己的师傅穆阿姨每月发工资，因为穆阿姨是她心里永远的痛。虽然许多员工都选择反对，可是唐莺执着坚持。那天，当唐莺手里握着穆阿姨的第一个月工资，下班后给穆阿姨送去时，谁料却听到了一个噩耗。

穆军的母亲穆阿姨因为脑溢血不幸离世了，就是昨晚的事。穆军正处于悲痛中，还没来得及通知唐莺。

当唐莺听到这个消息的时候，也是觉得眼前一黑。她一直期望穆阿姨能在有生之年原谅自己。自己这些年做了这么多的努力，就是想听到对方说一句："莺子，阿姨错怪你了，这事不赖你。"

可是这个机会，唐莺再也等不到了。

当天晚上，唐莺踩着泥泞，迎着暴雨去殡仪馆看了穆阿姨最后一面。她把穆阿姨第一个月的工资，恭恭敬敬放在了她的头边。

虽然超市的一些老员工七嘴八舌，数落穆阿姨曾经是如何如何辱骂唐莺的，但是唐莺硬是顶着巨大的压力前去参加了葬礼。葬礼上，唐莺把自己给穆阿姨买房子的房产证交给了穆军。"这是房产证，我当年就是送给穆阿姨的，现在她人不在了，这个房本自然就转给你了。"

穆军叫住了唐莺，他并没有接房本，而是第一次很真诚地向对方道歉。穆军深深鞠了一躬，并且哽咽地说，母亲临死前一再交代自己做人要宽容，"其实唐莺也是受害者，她为了这个'儿子'葬送了自己一辈子的幸福，这么多年过去了，我们不能再记恨她了，妈妈早就原谅她了。"

穆军的这段话让唐莺彻底流泪了，她命运多舛的生活里总算有人肯谅解她了，唐莺等待这一刻整整等了17年。随后穆军解释，此前他一直憎恨唐莺，觉得她毁了自己的生活，于是心胸狭隘的自己也想毁掉对方的生活。现在自己终于想开了，这样做只会让唐莺遭受更多的痛苦，而自己也会显得更为卑鄙。

"我知道是因为我的无礼让你和戴志强最终分道扬镳了，我现在内心也非常自责……如果不嫌弃，请给我一个让你和戴志强复合的机会……"

"不必了，我们永远不可能复合了……"秋风吹起了唐莺的长发，橘黄色的夕阳照在她的侧脸上，那个酒窝若隐若现，但是又藏满了伤感。

"如果你和他不可能复合了，那么——请允许我正式——追求你！"穆军说出这句话，不仅唐莺傻了，自己也傻了。

这些日子里，穆军目睹离婚后的唐莺迅速消沉和憔悴下去，他开始有意无意地同情唐莺，并且潜意识里慢慢相信了唐莺的辩解，"我不是故意挖坑让你跳……连我自己都是受害者……"

母亲弥留的这些日子里，一直都在断断续续讲述唐莺的好，唐莺的苦难，唐莺的隐忍，以及唐莺命运多舛的人生。穆军听着听着，眼泪就下来了。

今天，穆军鼓足了全部的勇气，表示要原谅对方，并且大胆示爱。

不用去猜结局，唐莺当然想都不想就拒绝了。"你不恨我，我已经很知足了！"

可是令穆军没有想到的是，他的求爱声刚落地，一只拳头就朝他的眼眶袭来，结果穆军躲闪不及，左眼眶就出现了一片瘀青……

"我警告你！离她远一点！我知道你憎恨唐莺，我知道你是想报复她,有种冲我来,别假惺惺地去向唐莺示爱!那不是爷们儿干的事!

"难道你觉得这个女人受的磨难还少吗?难道你还想让这个女人再受一次伤害吗?除非你是真心爱对方,除非地球灭亡,否则傻子都能看出你的狼子野心!

"如果你敢伤害她,我现在就跟你同归于尽!"

这段话彻底激怒了穆军,"我追不追求唐莺,这都是我的自由,别人无权过问!以前我恨过她,可现在我爱上她了,她值得我去爱,值得我去用生命守候!不像你,遇到点风浪就转投有钱人怀抱了!你才是个假爷们儿!"穆军上去就给了戴志强两拳。

"你说什么,混蛋!"

两个男人彻底厮打了起来,就在唐莺的面前,无论她怎么劝架,两人都难舍难分。

这场斗殴,最终以戴志强眉骨缝了6针告终。

穆军其实也受伤了,他的胳膊脱臼,牙齿松动了一颗,腿上青紫一片,只不过没见血,所以没有人安慰他。

看着戴志强咬牙切齿和不死心的样子,穆军横下一条心,他要彻底把唐莺追到手,报复也好,发泄也好,真爱也好,不管别人怎么看,反正自己要让这个戴志强尝一尝被羞辱的滋味!

第十节

戴志强受伤住院了,可是唐莺却不方便去看望对方。不是因为不敢,而是害怕给对方造成困扰,她知道此时的裴海燕一定陪在戴志强身边。

最终唐莺还是下了决心,决定去医院探望。可是当她拎着水果出现在医院长廊的时候,就被含沙射影的裴海燕"客气"地请回了。

"志强现在不想看见你,他伤得挺重的,你最好别去,省得他伤势加重。"

"别觉得我刻薄,其实我挺通情达理的,原本我们要起诉穆军的,是我硬压着志强,改变了他的想法。"

"回去转告你的朋友,最好别有下次,否则你要去拘留所探望他了。"

裴海燕的语速不紧不慢,语调不高不低,但是话里藏着杀机,透着寒气,让人不寒而栗。

唐莺什么都没说,就走了。临走时,她把那袋水果抬手扔进了垃圾箱。随后,她摸摸腹部,轻声地对孩子说:"宝宝,你爸爸受伤了,可是妈妈没办法去探望他,这里面的事我给你解释不清楚,总之希望他快点痊愈吧。"

大概是出于忿恨,唐莺拨通了穆军的电话。

"我告诉你,别打着追求我的旗号到处吆喝,咱们根本不可能!原本就是两条道上的人!现在你把戴志强打成那样,连个道歉也没有,太过分了吧你!"

"他才过分呢,战争是他挑起来的,玩不起就别玩啊!我不是也一样受了伤!"穆军在那边没有一点悔意。

的确,在爱情的世界里,永远容不下三个人。三个人只会让故事越来越乱,空间越来越拥挤。

唐莺出差回来后,一直没顾得上去看望自己的妈妈。今天她在医院受了一肚子气,特别想去妈妈那里疗伤,于是打车去了妈妈家。

艾小迪开的门,她看见了唐莺,怯怯地叫了一声唐总。

演技不错,演得挺像!

唐莺并未见过真正的艾小迪,所以也不知道这是一个卧底潜伏的"特务"。她看着艾小迪忙前忙后的样子,感觉很是满意。

接着唐莺和妈妈聊起了家常。

她说穆阿姨死了,刚办完追悼会,一直没通知您,就是怕您的心脏再出问题。

自己把房产证给穆军了,虽然穆军一直不肯收,自己还是坚持给,因为这是唐莺承诺过的,所以人死了也是要兑现的。

戴志强有心上人了,可能是那个帮戴志强完成事业的女人,对方帮戴志强融到了资,办起了葡萄酒厂。戴志强的父亲也被提前释放了,据说是那个女人家里帮了很大的忙。

……

唐莺说着,唐妈妈听着,艾小迪也在一旁偷偷听着。突然,走神的她打碎了一只盘子。

"你一惊一乍在做什么啊?看你这么不小心,这可是我妈妈最喜欢的一只锦鲤盘子。"

对于唐莺的训斥,艾小迪非常恼火,可是又不敢发泄,只得一个劲儿赔不是。结果,当天晚上的饭菜做咸了,唐莺害怕妈妈的高血压再犯,一个劲叮嘱小保姆要少放盐,少放油,要操心!要注意!

艾小迪不住地点头,表情委屈不已。

末了,她对妈妈说,如果这个保姆还不注意不细心的话,自己再给她换个保姆,身体可不敢出差错,现在妈妈可是自己最亲的人了。

结果这句话让艾小迪听见了,她气坏了,气得趁唐莺不注意,把她皮包里的两张100元的钞票卷一卷,扔在马桶里冲走了。

"我让你换,我让你换,你只要敢换我,我就让你付出代价!信不信我把你和你妈一勺烩了!"艾小迪自我感觉唐莺根本不是她的对手！

那天晚上，唐莺从妈妈家回自己家的路上，接到了戴志强的电话。"唐莺，她去找你了，你别和她吵。海燕的性格太任性，我也没办法，我拦不住她！"

她来找我干什么？要决斗吗？还是让我别去纠缠戴志强？现在我和他早就厘清关系了，她想做什么，根本用不着看我的脸色。

果然，在唐莺家的楼下，在五级狂风里，站着一个女人。高高的个子，干练的短发，考究的穿戴，精致的妆容，是裴海燕。

"别紧张，我来找你不是要跟你算账的。"

"也不是来跟你谈戴志强的。"

"我是来给你介绍对象的……"

"我跟你说，咱们都是女人，我听说了你的事，我很同情你。今天我来找你，是我有个非常优秀的海归男同学，我想把对方介绍给你……"

唐莺听着对方滔滔不绝地说着，觉得滑稽又可笑。我的婚姻大事什么时候轮着裴海燕来操心了？简直是笑话。

"我跟你说，咱们就见一面吧，我都和对方约好了。你说你啊，这么久了还没找到心上人，就是因为缘分没到，缘分到了一切就OK了。"看来，要是今晚唐莺不答应，是别想回家睡觉了。

"我现在打电话叫对方过来啊,你给个面子嘛,就算做不成恋人,那没准可以做生意伙伴呢。对方是做贸易的,在好几个国家都开展得有业务。"裴海燕第一次表现出如此大的耐心和不死心。

"她就是怕我纠缠戴志强嘛,真可怜!"

最终在对方的死缠烂打下,唐莺在家附近的咖啡馆里见到了这位黄先生。

黄先生人过中年,离异,微胖,穿戴很讲究,表现也很有修养,举手投足能衬托出他良好的经济条件。

"唐小姐是做什么的?"

"卖东西的。"

"都卖些什么?"

"除了不卖人,其他什么都卖。"

"军火卖吗?我想买支枪。"

"是用来自杀呢,还是用来杀死情敌?"

"唐小姐,很幽默啊。"

"是吗,我还是第一次听见有人这么评价我。"

由于裴海燕一介绍完,就接到了戴志强的催促电话,她提前离开了,留下了唐莺和黄先生独处。

"唐小姐,有没有兴趣到国外发展?你看看很多去了国外的女人都改头换面,拥有了很 beauti 的生活。"

喜鹊人生

"是吗，举个例子？"

"比如，邓文迪。论相貌，你比她更靓。"

"是吗？"

"当然，那些姿色平平的女人都能做到，你这么漂亮，应该有更 beauti 的生活。"

"那你告诉我，怎么能拥有更 beauti 的生活呢？"

"找一个好男人陪啊！"黄先生脸上有了得意的表情。

唐莺没等他暗示更多，拿出银行卡摔在桌子上，"你就是想包养我是吧？我这张卡里有7位数，你要包我，也得7位数起。"

黄先生立刻就笑了，"对面有银行，我陪你去验？要是真有7位数，我也不食言。"

"好啊，服务员，埋单！"唐莺掏出200元钱埋单，示意两人起身去验卡。

黄先生一看这阵势有点熊了，"哎呀，你这性格我喜欢，这么较真，一定能在事业上有大的作为！"

"呸，哪凉快滚哪去，赶紧从我眼前消失！你比裴海燕还令我恶心！"唐莺大怒，一把把黄先生的包摔在了地上，里面散出了各式各样的名片。

黄先生灰溜溜地跑了，临走时，还不忘把最后一口咖啡喝完。

当天晚上，唐莺扑在徐珊珊的怀里大哭一场。

她哭自己现在命太苦，谁都可以来踩一脚；

她哭自己如果把孩子生下来，是不是宝宝也要面对这样一个后爸？

她哭自己盼了那么多年的一份真爱，最终还是跑到了别人的怀里……

末了，徐珊珊问唐莺，你的卡里真的有几百万？

唐莺笑了，其实我卡里只有一万，是那人胆不够肥，还冒充土豪耍威风。

"这个裴海燕简直欺人太甚！"徐珊珊当即拨通电话准备辱骂裴海燕，被唐莺拦下了。

半个月后，唐莺听于巴克说，戴志强出院了。还听说最近龙先生回加拿大了，戴志强在帮他看翡翠玉行。

唐莺很想找个机会去看看对方，自从上次受伤到现在，大概有一个月没见了。

那天，唐莺早早下班，来到了龙先生位于闹市的翡翠店里。

远远地，她的确看到了戴志强在里面。还是一件白衬衫，还是高耸挺拔的身段，还是浓密的黑发，只是眉骨处红红的，像是长出了刚刚掉痂的娇嫩皮肤。店里有位客人，似乎在和戴志强讨论着什么，唐莺以为人家在谈买卖，所以在外面等了一会儿。

原来，今天龙先生的店里来了一位顾客，他是位游客，一进店他就盯着墙上的那幅翡翠观音图不松。看了好半天，才转看店里的货物。

戴志强发现了这个细节，转头问对方，是否见过这个翡翠观音？

对方点点头说，似乎在哪里见过，好像是聚会的朋友戴过，但好像又不是，总之很眼熟。

戴志强一听有戏，连忙问对方朋友的住处，可是对方摇了摇头，说是企业聚会，一面之交，现在肯定没有来往了。

由于没有问出下文，戴志强不免有些失落。但是转念一想，玉通灵性，他心里隐隐约约觉得自己就快找到这枚翡翠观音了……

惆怅之下，戴志强一抬头发现了门口站立的唐莺。当自己再次见到唐莺时，戴志强显然吃了一惊，唐莺瘦了很多，她虽然穿了一件宽松的毛衣，但还是掩盖不住纤瘦的身体。比起两人谈婚论嫁时的那个女人，唐莺显然憔悴多了。

这次的重逢比较尴尬，戴志强不知道该说什么，只是一个劲儿祝贺唐莺生意兴隆。而唐莺也是在询问，戴志强恢复得好不好。接着，唐莺的目光落在了墙上的那枚翡翠观音上，她问对方有没有找到小木耳的一点消息。戴志强摇摇头，显得很无奈。算起来小木耳今年 22 岁了，应该大学毕业了，应该长成一表人才的帅气小伙子了……

闲聊中，一支《万水千山总是情》的手机铃声打破了尴尬的气氛，戴志强的手机响了，他在接听电话。

这么多年，他还保留着这首歌，唐莺的心头一颤，下意识地摸了摸腹部，她不知道两人是不是还能再续前缘。

电话接完了，戴志强给唐莺端来了一杯龙井茶。

"这是龙先生从台湾带回的特级龙井，你尝尝，看喜不喜欢？"

"我不能喝茶。"唐莺显然说漏嘴了，她忘了不能说自己是孕妇。

"不能喝茶，为什么？"

"哦，我最近失眠，在喝中药，所以不能喝茶。"

戴志强听完，不再问了，随即给唐莺换了一杯白开水。

时间过得很慢，店内很安静，似乎能听到夕阳西下的声音。

随后戴志强没话找话地透露，自己曾经送给唐莺的那个翡翠观音是个重量级大师的作品。如果它流通在市场上，卖家一定会拿来交易的，他坚信有一天一定会和这块翡翠重逢。唐莺听完没有说话，只觉得内心更加凄凉。她觉得戴志强入戏太深，茫茫人海找一个丢失了十几年的孩子谈何容易？但是转念一想，戴志强迟迟放不下这个孩子，也就是意味着自己这辈子和这个男人彻底无缘了……

更让唐莺想不到的是,临出门时,裴海燕拿着一摞子结婚请柬进门来,邀请古董商人参加他们的婚礼,谁料想龙先生和龙太太不在。

"呦,这不是唐莺吗?正好,这是我的结婚请柬,请一定来参加哦!"

"最好带着你的新恋人一起参加,我会给你们留两个位置。"

裴海燕亲热地递过来一张请柬,随后还亲密地挽起戴志强的胳膊。

戴志强见状,尴尬地来了一句,"我,我马上要结婚了,希望你也早日找到属于自己的幸福。"

戴志强要结婚了!就是和这个帮助和赞助他办厂的幕后女人裴海燕!她还希望我也早日找到自己的幸福!

这句话令唐莺如五雷轰顶,有一瞬间她都站立不稳,唐莺匆匆告别,快速离去。

最爱的,最好的,都是离她最远的。唐莺悲从心底来。

在回去的一路上,唐莺一直纠结着要不要拿掉这个孩子?毕竟曾经自己还对戴志强保留了一丝幻想。可是今天,这个幻想彻底破灭了。

唐莺没了主意,她给徐珊珊打了一个电话哭诉。谁料电话那头的徐珊珊却说:"我觉得你早就该拿掉这个孩子了,生下来也是对孩子的不负责任!一个没有爸爸的孩子将来要受多少歧视和苦难?难道你这辈子的苦还没吃够吗?还想让它代代遗传?"

徐珊珊这通电话彻底把唐莺给敲醒了,为了更好地放手,唐莺觉得自己不能那么自私,她起了拿掉孩子的念头。

在赶往医院的路上,由于精神恍惚,情绪起伏太大,唐莺过马路时被一辆急拐弯的汽车挂倒,瞬间失去了知觉。

在被好心人送往医院后,医生发现这个急诊病号不仅伤及盆骨,又被发现怀有身孕,而且子宫受损。医院考虑到母子安全,调来了最强有力的骨科、妇科专家一起会诊。当穆军作为骨科专家看到唐莺的伤情报告时,彻底傻眼了,他知道这个女人又要再次面临生死关口……

此后的两个月,穆军开始了惊心动魄的抢救和手术战略。谢天谢地,老天总算把唐莺从死亡线上拉回来了,可是孩子没了,而且脏器受损,她有可能丧失了生育功能。

一切都还是未知数,只能等待唐莺的康复水平……

第四章
终有一天你的眼泪会变成钻石

第一节

唐莺命悬一线，紧急入院抢救的这段时间，戴志强却在这边大张旗鼓地筹备婚礼。没有人通知戴志强，因为唯一和他有联系的徐珊珊最近家里出了大事，她慌忙救火，人也消失了。

那阵子房价飞涨，嗜房如命的刘大象赚钱赚红了眼，竟然把一套二手房"一女许两家"，结果东窗事发，刘大象因为一房两卖的事情被当事人起诉。在收到法院传票的当口儿，这家伙吓得关了店门，带上全部身家失踪了。徐珊珊听说老公出事了后，拿出了多年的积蓄补偿原告，要求对方撤诉。接着，她撂下了酒店生意，千里迢迢去寻夫。其实徐珊珊也不知道刘大象跑到了哪里，可是她发现对方护照不见了，于是她报名参加了新马泰的旅游团，期待找到老公，夫妻团圆。

唐莺出事后，一直陷入昏迷，连续一周水米未进，都是靠营养液在维持。最可怜的是她最需要人的时候，身边连个闺蜜伺候也没有。穆军有一回，愤慨万千，径直跑到戴志强家门口，准备把唐莺出事的消息告诉对方。可是瞥见对方的不友好，以及他正在筹备婚礼的笑脸，悻悻作罢，折身返回。

这时，唐莺妈听说女儿出事后，颤颤巍巍地迈着碎步赶来了医院，与她一起来的还有艾小迪。

当艾小迪辗转听到刘大象一房两卖、关门躲债、彻底消失的消息后，肺都要气炸了，原来男人都不可靠，她咬牙切齿地发毒誓，让刘大象出门就被汽车撞死！

结果刘大象没被撞死，唐莺却被汽车撞得半死！这叫什么世道！

病床上的唐莺非常虚弱，脸色苍白，眼睛一直没睁开过。在她脱离危险期后的第一天，穆军把唐莺妈叫到办公室，告之了患者流产的消息，并且接下来要做骨盆修复手术的事宜。"患者的生育能力受到了影响，是不是完全丧失了，还要看对方的恢复水平……"

唐莺什么时候怀孕了？而且现在还流产了？这个消息让唐莺妈大惊失色，这个女儿真是不听话，这么大的事也从来没有跟妈妈说过。

"这是谁的孩子？"唐莺妈问穆军。

"不知道，我们医生没权利过问患者的隐私。但是不管是谁的孩子，这个孩子现在已经没有了，再讨论这个已经没有意义了。"穆军公事公办，话语中没有任何的个人感情。

唐莺妈的心脏本来就不好，现在又听到女儿也许会失去生育能力，心情更是雪上加霜，当即就出现了眩晕。穆军赶紧吩咐艾小迪搀扶唐莺妈回去了。临走的时候，艾小迪还望了一眼病床上尚未苏醒的唐莺，似乎这个结局是她想要的，可是这一刻，艾小迪并没有出现期盼已久的兴奋感。

唐莺入院抢救这段期间，可谓忙坏了于巴克这个刚刚升职不久的超市总管。那些天，于巴克不仅要忙店里的事，还要抽空去唐母家安慰伤心欲绝的老人。每次于巴克来都和艾小迪吵得不可开交，他觉得这个小保姆一点同情心都没有。不是给唐莺做的病号饭太咸，就是话里话外数落唐莺活该！由于唐妈妈耳聋眼花，不知道两个年轻人在厨房里吵什么，所以也懒得去管。

记得于巴克第一次来到唐妈妈家，看到了开门的艾小迪，一阵狂喜。这阵子他一直给对方打电话，可是艾小迪总是以各种理由拒绝，弄得他也很窝火。没想到今天在唐妈妈家，意外见到了自己朝思暮想的人。

"你怎么会在这儿?"

"我怎么不能在这儿?"

"你为什么总是拒绝我?"

"我拒绝你,是因为我身份低,配不上你这个港大的毕业生。现在你知道我其实是个小保姆,以后就不用再打电话了,省得浪费电话费。"艾小迪得知于巴克在唐莺超市打工的消息后,害怕自己穿帮,于是编了一个借口。

"这世上没有什么高低贵贱,小保姆一样可以有爱情。"于巴克不死心,一边做家务,一边向艾小迪示爱。

"你眼里没有高低贵贱,可你妈眼里有,趁早死了这条心,省得追到我,惹来你妈不高兴,她把你金卡、银卡、白金卡、黑卡全部收了,到时候你可要后悔得要跳楼喽。"艾小迪知道对方家境不错,故意给他打预防针。

"我现在的信用卡就被我妈全收走了,不用等到以后。"于巴克比对方更幽默。

"合着你现在一穷二白啊,那你还有胆来追女朋友,脸皮真够厚的。"

"我真的很喜欢你笑起来的样子,很纯澈很天真,我希望能和你成为朋友。"

"傻帽,有你这样追女孩子的吗?有你说话这工夫,早就接上吻、泡到手了。"

"我当然想吻你了,可是你要告诉我哪里可以吻,哪里不能吻？西方人是很讲究礼节的。"

"你是不是脑子有毛病啊！幼儿园大班没毕业就出来谈恋爱啊，拜托你看点爱情片补补课啊！这是谁家的孩子啊，这么出来丢人现眼！"艾小迪气坏了，怎么遇上这么一个不着调的白痴！

两人打嘴仗的工夫，蒜蓉丝瓜和红烧茄子全部烧煳了，而且盐也放多了。艾小迪不想再做了，嘱咐于巴克赶紧将就着去送饭。可是于巴克坚决不愿意，说这饭根本不是给病号吃的，目前唐总刚刚能进食，吃下去这样差的饭，没准病情会加重。

"加重能赖谁啊，又不是我开车撞的！"艾小迪气坏了。

于巴克不再理睬对方，自己挽起袖子要来烧饭，可是艾小迪不让，说厨房是自己的领地，别人无从插足。两人争吵撕扯之下，于巴克不小心弄碎了艾小迪脖子上戴的一枚翠佛。这下可好了，艾小迪像炸锅一样开始哭泣，哭天抹泪非要对方赔偿自己不可。

"好了，别哭了，别哭了，我赔，我赔，我有个邻居家里有许多翡翠藏品，今晚我带你过去挑选一件。"于巴克看见心上人在哭，心疼坏了，一个劲儿道歉。

"真的？"

"真的，童叟无欺。"于巴克看见艾小迪破涕为笑，终于松了口气。

当于巴克拎着重新在街上买来的稀饭给医院的唐莺送去时，却发现病床上的唐莺已经苏醒了。

可是唐莺没有表情，没有说话，只是在歇斯底里地大哭，却没有一滴眼泪。

是的，当她得知自己流产的消息后，唐莺的眼泪都哭干了。

穆军一直在想尽办法安慰对方，可是效果甚微。其他科室的主治医生也来了，但谁也无法让唐莺停止哭泣，他们只得嘱咐护士加紧监护，最终摇摇头走了。

于巴克轻轻地把饭盒拿到了唐莺的面前，接着给她倒了一碗稀饭。"唐总，吃点东西吧。"谁料恼羞成怒的唐莺一抬手把饭盒抢过来，砸在了地上。

热腾腾的稀饭撒了一地，于巴克吓坏了，不知所措地站在一旁，穆军赶紧示意让他回去了。

人生最大的福气就是没有遇到灾祸，而人生最大的灾祸就是强求福气。唐莺并没有强求，可是老天依然不放过她。

夜色渐渐降临了，巨大的雾气笼罩了整个病房。

唐莺自从得知自己的孩子没有了后，情绪极度低落，一直拒绝进食。开始的时候，她的眼泪滔滔不绝；可是天黑之后，无论她怎么痛苦，再也流不出一滴眼泪……

穆军站在一旁，心酸地望着这个女人。他知道对方还爱着戴志强，他知道唐莺为失去孩子而难过，他还知道那个该死的挨千刀的戴志强此时此刻正在准备婚礼！

在治疗过程中，穆军渐渐被这个女人身上所产生的无惧、豁达和勇敢所吸引了。特别是唐莺昏迷的那一周里，穆军每晚都在病房里陪她到很晚。

秋夜里，他想起了以前那一件件一桩桩往事。自己在寒风的公园里把小木耳狠狠地扔给唐莺；自己用世界上最难听的话语辱骂她，诅咒她一辈子也嫁不出去；自己和戴志强决斗，唐莺站在面前左右为难；当自己得知唐莺曾给母亲买过房子时，心里微微有些哽咽；当自己得知唐莺每年过年都会去看望母亲，心里有些愧疚；当自己得知唐莺每月替母亲还贷3000元时，心里彻底感动了；而当自己得知唐莺可能失去了生育功能后，穆军不知道该怎么向对方解释。此刻，他唯一能做的就是再一次勇敢地向对方表白，告诉唐莺，自己愿意娶她为妻。

"唐莺，你的病情就是这样，没办法挽回了。如果真的是我的诅咒给你带来灾难，那么请让我赎罪吧。"穆军紧紧攥住了唐莺的手，并且死死把她抱在怀里。

"你不恨我，我已经很知足了。"唐莺想都没想就拒绝了，她说自己这辈子和婚姻无缘，更不想伤害一个已经原谅了她的人。

此时的唐莺情绪已经平静了。她苍白的脸颊，低垂的睫毛，浅色的嘴唇，还是那么清秀，只是现在看上去尤为楚楚可怜。

夜晚是纵情的，虫鸣在夜的宁静中，犹如夜曲。

可是唐莺在这个夜晚，彻底心死。

那天晚上，从医院出来的于巴克再次接到了艾小迪的电话，对方让她兑现诺言，现在就带她去邻居家挑选翡翠玉坠。于巴克本来心情不好，不想去了，可是被对方缠得没办法，只得带艾小迪过去了。

当敲开戴志强的家门后，屋里贴着大红"囍"字，门楣上贴着新对联，五颜六色的彩球和彩缎装点着房间，显得喜气洋洋。

"戴先生，这是我的朋友艾小迪，她也喜欢翡翠，她今天想来看看你的藏品。"

"好啊，欢迎。"戴志强马上就要结婚了，似乎心情也比以前好多了，看得出他换了新发型。

艾小迪像个小精灵一样，一眼瞅不见就跑到戴志强的收藏间里饱眼福了。"乖乖，这么多好东西啊。"艾小迪的眼睛目不暇接了。

接着，于巴克把这个破碎的玉佛拿给戴志强看，并且说了自己今天因为给住院的老总送饭，结果不小心弄碎了艾小迪玉坠的事。

"戴先生,你看看,这东西值多少钱,我买个同等价位的赔给对方。"

"这玉佛是个B货,酸洗过。"戴志强拿着高倍手电筒仔细查看了一番,得出了这个结论。

"就是说,这个不值钱?"

"最多值20块钱。"

"只值这么少钱啊?!"于巴克吃惊坏了。

"你的破玩意才只值20元呢!"听见这句话的艾小迪抓起藏间里的一个绿色玉佩就要往地上摔。

"老天,快放手!"戴志强吓坏了,一个劲儿制止艾小迪别做傻事。这两年,喜欢翡翠的戴志强收藏了不少藏品。

"向我道歉,快点向我道歉,这是我的男朋友送的,怎么会是假的呢?!我不允许你侮辱他!"艾小迪气坏了,她不相信刘大象用20元就把自己打发了。

最后在于巴克的一番好说歹说之下,艾小迪终于没做出过激的举动。

"戴先生,我想买下这块玉,赔给艾小姐。你看看,需要多少钱?"于巴克很真诚地问戴志强,看得出他对艾小迪动心了。

最终,戴志强很便宜地算了1000元给对方,可是艾小迪并不买账。

"你这个讨厌的、烦人的、傻帽的、长着猴子耳朵,有着猪鼻子的家伙为什么要出现?"

"要不是今天做饭,你和我吵架,我的玉佛也不会碎。"

"谁稀罕要你的东西,我原来的那块是我男朋友送的,现在戴你送的,这算怎么回事?"

"这事都怨那个该死的唐莺,谁让她好端端地被车撞,好端端地住院抢救,不然你也不会来唐妈妈家,我也不会遇见你!"

"你们那个唐总也是活该,听说流产了,又丧失生育能力了,简直是自作自受!谁让她不安好心,偏偏要拆散别人情侣!"艾小迪像疯了一样开始抱怨不停,说不清她为什么哭了,是在哭刘大象用20元骗了她吗?还是哭于巴克那么痛快地为她花了1000元?看得出她不是那么讨厌于巴克了。

可是她这番话彻底把戴志强给惊着了,"什么?唐莺出车祸了?她流产了?还丧失了生育能力?天啊!这到底是怎么回事?"

第二节

戴志强发疯似的追问于巴克,脸上的表情扭曲成了另外一个人。

"你在唐莺的超市打工,为什么从来没跟我说过?"

"唐莺出了车祸,你为什么没有告诉我?"

于巴克都傻了,不知道这位邻居为什么听到自己老总车祸住院的消息,反应这么大,脸上这么痛苦!还是艾小迪聪明,她间间断断从唐妈妈的嘴里知道了一些唐莺的情史,她恍然大悟,"原来你就是那个跟唐莺悔婚的男人啊!"

一切真相大白了。原来自己的邻居就是自己老总的未婚夫啊!那自己无论如何也要促成他们,使他们再续前缘。于巴克暗暗给自己定下了一个任务,因为他坚信有情人终成眷属。

那天晚上,戴志强不顾裴海燕的阻拦,冒雨冲到了医院。可是穆军却不让戴志强进去探望,理由是唐莺刚刚入睡,明天因为有骨盆手术,所以要全力保证病人休息。

戴志强不死心,执意要闯进去。穆军报了警,医院的保安围了过来。这时妇科主治医师闻讯也赶了过来,她们也劝阻了戴志强,对方终于平静下来了。

"唐莺她真的怀孕了?"这个消息让戴志强肝肠寸断。

"你自己干的好事,竟跑来问我,不害臊吗?"穆军简直想捶这个"爷们儿",天底下怎么会有这么混蛋的男人!

"她,她真的流产了吗?"戴志强泣不成声了,唐莺是从他店里出去时遇到了车祸,他觉得不能原谅自己。

"你都要和别的女人结婚了?所以流产这件事对你和唐

莺来说都是件好事!"穆军的话很中肯,虽然乍一听上去,是和戴志强作对。

"她,她真的丧失生育能力了?"戴志强说不下去了。

"不知道,这要看明天的手术结果。不过——希望不大。"穆军也露出了伤感的表情。

"那,那能不能请求你,救救唐莺,她还没结婚,不能丧失生育能力啊!"戴志强看着穆军,几近渴求。

"医生的职责就是治病救人,你不用求我,该做的我都会做。"穆军脸上没有表情。

这种没有表情的表情让戴志强看来是一种冷漠。

突然,戴志强变了一种语气。"我警告你,你如果敢报复唐莺,在手术上做手脚,我现在就和你同归于尽!"

"只有你这种小人才说得出这句话,只有你这种自私自利的人才会用这种肮脏的念头去想别人!"穆军愤慨了,再次揪住了戴志强的脖领子。

"你要干吗,想打架!现在不是时候!"戴志强也火了,太阳穴上青筋绷得老高。

"住手,这是医院!"医院的保安向两人吼了几嗓子,终于,面对面的两个男人安静下来了。

"回去吧,唐莺生死由天,你已经决定要和别的女人结婚了,别再辜负另外一个女人了。"穆军朝戴志强摆摆手,示意对方离开。

结果，那天晚上，戴志强不知道自己是如何离开医院的。他只记得自己回家后，和裴海燕大吵了一架，对方不同意他推迟婚礼的决定，于是裴海燕摔门而去。

戴志强借酒浇愁，他喝光了屋里的三瓶葡萄酒，接着又撕碎了墙上的大红囍字。之后心地善良的于巴克和艾小迪，走进来陪伴满屋狼藉的醉酒汉子戴志强。

那天晚上，戴志强不停地胡言乱语，之后是醉醺醺的忏悔。

他说当他得知于巴克的上司就是唐莺时，分外吃惊；

当他得知唐莺出车祸的消息后，分外自责；

当他得知唐莺那天是和自己分别后出的车祸时，几乎内疚成河，肝肠寸断；

当他得知唐莺怀孕又流产的消息后，彻底傻了；

当他得知唐莺目前可能丧失生育能力的消息后，不知道该说什么了，他觉得老天太不公平，似乎正在一点一点拿走唐莺身上的一切……

"我不知道，她还有什么？我不知道，我还能给她什么？如果上天有后悔药，请赐我一包吧。"

那一晚，戴志强没有勇气去向唐莺请求恕罪。

那一晚，戴志强一直在喝酒。

那一晚，戴志强大醉方休。

最终，他讲出了自己和唐莺的很多往事。

旧时光呼啸而至。穿白衬衣的男人，淡淡的烟草味，一眼望不到边的葡萄园，小厨房的糯米鸡，赤霞珠的葡萄藤手链，葡萄缸里雪白的脚踝，《万水千山总是情》的曲子，通身满翠的翡翠观音，红彤彤的茶泡饭，窗台上的薄荷花，缠绵时挂在窗外的红月亮，小木耳在机场玩耍，梁婷那12公分的高跟鞋，她戴了三只镯链的手臂，暴雨下领到的离婚证，戴志强决绝离去的背影，超市开业红彤彤的鲜花，唐莺怒骂相亲对象黄先生，唐莺看到裴海燕结婚请柬绝望的眼神，突如其来的车祸，病床上奄奄一息的女人……

这时，于巴克和艾小迪听到戴志强和唐莺这段肝肠寸断的爱情往事后，已经哭得泣不成声。原来老天这么不公平啊，原来穆军和裴海燕这么讨厌啊！于巴克和艾小迪这对冤家竟然变成了一条心，下定决心一定要让这对有情人终成眷属。

"我和唐莺本来已经领证了，都准备要举办婚礼了。可是突然杀出来一个梁婷，指责唐莺弄丢了自己的儿子小木耳，并指责唐莺其实是罪魁祸首和幕后元凶！为此，我意念偏失，一念之差和唐莺办理了离婚手续……"

当戴志强讲到唐莺丢失的那个"儿子"，小名叫木耳时。于巴克猛然愣了一下，他隐约记得自己小时候也曾叫过一段时间的这个名字，后来母亲执意把自己名字给改了……

"什么,你也曾叫过小木耳?"那一刻,戴志强的酒一下子全醒了。

第三节

第二天早上,戴志强再次跌跌撞撞跑到了医院,可是唐莺正在做进入手术室前的准备工作,不允许探望。由于患者情绪波动比较大,唐妈妈本想延迟几天手术,可是穆军医生害怕盆腔与宫腔里的淤血对患者产生威胁,坚持手术。

突然,有人闯进了医生操作间,紧接着正在消毒的穆医生被人拉出了门外。

"你以你医生的职责向我发誓,你决不能报复唐莺!"戴志强一夜未睡,血红的眼睛里面全是血丝。

"保安,保安,把这个疯子给我轰出去!"穆军脸色大怒。

"穆军,你以你的人格发誓,是男人——你就发誓!"戴志强被医院保安拖了出去。

随后,全身麻醉的唐莺被推进了手术室。手术室前的红色指示灯像飙血一样亮了起来。

医院外,戴志强焦急地等待着,他的手机上,有裴海燕 16 个未接来电。

手术室内,穆军紧张地忙碌着,他的手机上,有着戴志强的 12 个未接来电。

4 个小时后,唐莺被推出了手术室,手术还算顺利,骨盆的碎骨已取出,创伤已缝合,但是患者的子宫受损,彻底丧失了生育能力。

这个消息穆军早就隐晦地告知了唐莺,当唐莺苏醒过来后,表情还算平静。她摸了摸自己变得平坦的腹部,还是止不住地伤心。

"是不是在小木耳丢失的那一刻起,老天就要惩罚我,让我再也不能当母亲了?"唐莺术后一直在挂盐水,不能进食。当于巴克和艾小迪拎着饭盒来送饭的时候,唐莺示意他们可以回去了。

戴志强听说唐莺苏醒过来之后,执意想见到对方,并且想请求对方原谅。可是穆军以及妇产科的医生都不希望他让患者再度情绪起伏,所以阻止了。为此,戴志强对穆军咬牙切齿、恨之入骨。

于巴克和艾小迪看到了自己邻居戴志强遭受到如此待遇,也非常义愤填膺。他们跑到唐莺的病房告知了情况,并且请求唐莺让戴志强进来。谁料,唐莺转过头来轻轻说了一句:我不想见他,让他走吧。

于巴克和艾小迪都傻了,连戴志强也傻了,可是穆军很开心。"戴先生,为了患者的健康,请你离开。"

最终,戴志强怀着无比复杂的心情离开了医院。回去的路上,他接到了裴海燕的电话,"听着,我不同意延迟婚礼,如果你定要延迟,那现在我们就取消婚约。"

戴志强不想回应,也无法回应,他现在脑子太乱了,他不想回家,也不想吃饭。恍恍惚惚中,戴志强走到了一间宾馆前,开了一个房间,踉踉跄跄地推门进去,一头扎在床上再也不想起来。

当天晚上,唐妈妈嘱咐艾小迪来陪夜,于巴克听说后,也赶来医院探望唐总,并且陪伴唐莺。

结果于巴克意外地看到自己送给对方的那枚玉坠,艾小迪挂在了自己的脖颈上。

"真漂亮!希望你永远不要摘掉。"

"嘚瑟什么,我也就是不想打击你的热情,赶明儿过两天我烦了,没准找个当铺就直接当了!"艾小迪嘴巴很不服软。

"你男朋友送你的那块,肯定是假的,我又拿到珠宝鉴定中心去鉴定了。"于巴克老实巴交,说话一板一眼。

"滚!天底下就你懂翡翠啊!你不说这句话会死啊!你妈到底教没教过你怎么说话啊!不会说话趁早把舌头割了喂鱼!"艾小迪开始发飙了,她的话像子弹一样呼啸着射过来。

看得出，他是喜欢她的，可她不想强迫他，更不想勾引他，如果她愿意赌得更大一点，也许她可以把这个好男人收入名下。但是艾小迪的坏脾气却火上浇油，帮了倒忙。

结果不服气的于巴克又和艾小迪掐了起来，两人唇枪舌战，完全忘了这是病房。穆军一直都在办公室守着，一直没下班，听到吵闹声后，一气之下把这对年轻人赶走了。

穆军当天晚上，代替唐家人在房间里看护唐莺。他望着病床上这个虚弱的女人，不觉得对自己以前的作为产生了愤慨。为什么要那么对她？为什么要那么辱骂她？为什么要那么诅咒她？自己为什么要那么狠毒！也许老天听到了自己诅咒，所以才把灾难附身，让唐莺失去了自己的孩子和女人的生育能力……

这一晚，穆军想着想着泪流满面，结果迷迷糊糊睡着了。可是到第二天早上醒来，意外地发现病床上的唐莺不见了。

天啊，她上哪儿了？她还没脱离危险！

穆军疯了似的让护士到处寻找，可是最终找遍了全医院也没发现这个女人！

"她的血压还不稳定，她的骨盆手术还没拆线，她的创伤部位还没消炎……"穆军不敢再想了，他觉得唐莺如果离开医院，只能是死路一条。

此时此刻唐莺正躺在自己家的床上，她回家了，她不想见任何人，包括自己的妈妈。伤口还在渗血，可是唐莺一点也不觉得恐怖，因为伤口再疼，也比不上心疼。

唐莺知道自己从医院偷跑出来的后果，可是她不想去想，她不想死，但也不怕死。一个丧失了生育能力的女人无疑是一个不完整的女人，大概再没有什么比这个更恐怖了。

唐莺恍惚感觉到自己的面前隐藏着一个阴森森的黑洞，像黑熊的嘴，深不见底，不知道什么时候就会吞噬你的一切。

夕阳渐渐暗淡下去了，屋里面升腾起了寒气，天越来越凉，唐莺的心也变得苍茫。

突然一阵急促的敲门声，把昏昏欲睡的唐莺给惊醒了。

接着，唐莺恍恍惚惚发现于巴克和艾小迪站在了自己的面前。接着她听到对方打电话，"穆医生，我们可找着唐总了，她回家了，你快来吧，唐总一直在发烧。"

随后唐莺的意识开始恍惚了，她隐隐约约感觉穆军来到了他的床边，坚持要把她送回医院，可是唐莺拼命抗拒，说让我死吧，就是死也要死在自己家。

"别过来，再过来我就从这儿跳下去。"唐莺抢过一把剪刀横在了脖子上，她身后是黑洞洞的寒风飕飕的阳台。

"好的，好的，我们不逼你了，我每天来给你打针，我每天都会来给你出诊，你放心，我一定会让你痊愈的。"穆军吓坏了,赶忙退让了一步。

于巴克和艾小迪都吓坏了,他们赶忙烧了开水,做了晚饭,并且放好洗澡水,安抚唐莺,最终使之平静了下来。

穆军当天晚上就几乎把医院搬到了唐莺家,日夜不停地给唐莺输液,自己片刻都不离左右。

晚上11点的时候,裴海燕也知道了这个消息,她第一时间赶到了唐莺家,一反常态地对陪床的于巴克、艾小迪和穆军说,自己要替戴志强赎罪,所以自己要来陪护唐莺,大家都回去休息吧。

裴海燕的举动把所有人都惊着了,大家都以为裴海燕因为结不了婚,神经出问题了,所以一个电话又把戴志强给叫来了。

结果戴志强赶来后,裴海燕吐露了心声,"我知道你爱她,而我也爱你。我们马上要结婚了,我不想让你留下遗憾,所以我要来替你做这件事。"

"不用了,你的心意我领了,我欠的债,我自己来还!"戴志强让裴海燕回去吧,自己执意要守夜,可是最终那晚谁也没有走。

那个晚上,戴志强、穆军、裴海燕、唐莺四个人挤在这个封闭的空间里,彼此做着不尽相同的梦,触摸着黑夜的脸庞。

看着床榻上的唐莺遭受了这么多磨难,以及她永久丧失了生育能力这个现状,尖酸刻薄的艾小迪渐渐改变了自己对唐莺先前的看法。那几天,唐莺哭,艾小迪陪着一起哭。唐莺不想吃饭,艾小迪也不想吃饭。好几次,艾小迪都想说出自己当保姆的真实目的,可是欲言又止。

但是每次于巴克和艾小迪谈起唐莺的身世,两人都会唏嘘不已,泪流成河,结果两个年轻人一致达成统一战线——一定要让唐莺和戴志强重续前缘!

"有没有信心?"

"有!击掌为誓!"接下来两人有了明确分工,艾小迪负责打退穆军,于巴克负责打退裴海燕。

那阵子,穆军和戴志强都一起往唐莺家里跑,搞得前来照顾女儿的唐母莫名其妙。

穆军是每天雷打不动地上门打针做治疗,其实是打着探望病号的借口,想来追求唐莺的。而戴志强是什么也不说,只是默默为唐莺做这做那,从来没有提过任何要求和许诺。唐莺曾经劝戴志强别来了,毕竟是快结婚的人了。可是戴志强仿佛没听见,依然我行我素。

穆军火了,他警告戴志强决不能脚踩两只船,因为唐莺再也经不起折腾了,可是戴志强仍然不温不火,每天都会做唐莺喜欢吃的糯米鸡,茶泡饭。只是和他一起来的裴海燕看不下去了,她警告穆军,"我和戴志强的婚礼根本不会延期，下个月就要举行了。我现在就是不想让志强留有遗憾，也希望唐莺早点康复……"

唐莺听完，万箭穿心，不声不响地别过脸去……

穆军看到唐莺心痛的表情，顿觉这个女人的可怜和戴志强的可恨。他一把揽过唐莺，向众人宣布，"我下个月就要迎娶唐莺，也是这两天才做的决定，希望大家祝福我们。"

唐莺的表情有些吃惊，戴志强的表情更为惊诧，可是穆军为了替唐莺赢回尊严，当着戴志强和裴海燕的面紧紧热吻唐莺，唐莺在他的怀里无法挣扎……

第四节

那天，戴志强失魂落魄地离开了，他第一次没有在唐莺那里守夜。

此刻，戴志强站在窗前望着街外的夜景发呆，他的心里不断地重复着一句话：这个秋天真长，这个夏天真短。的确他和唐莺的相识是在夏天，可是爱情那么短暂；他和唐莺的重逢是在秋天，可是这个秋天如此残酷。的确，他种下爱情，却无法收割；他收割爱情，却不快乐；他快乐作陪，却无法解释；他解释一切，却无法预知；他预知一切，却无法自拔……

然而裴海燕似乎听到这个消息很高兴，一个劲儿给穆军和唐莺送上祝福，可是唐莺的脸色尤为难看。

这个消息不光让戴志强惊讶惊诧，艾小迪和于巴克也吃惊万分。他们俩根本不相信穆军要和唐莺结婚，因为他们觉得唐莺心里根本忘不掉戴志强。他们俩一致很讨厌穆军和裴海燕来搅局，可现在的局面似乎难以控制了。

"那现在该怎么办呢？"

"是呀，眼睁睁地看着穆军把唐莺姐抢走啊！"

"天知道嫁给一个不爱的男人，对一个女人来说有多残酷！"

"我有办法了，下次裴海燕再来，我给她茶叶水里放胡椒。"

"对了，我朋友家有只哈士奇，我知道穆军怕狗，下次他再来，我就把大狗横在门口，让他求不成婚！"

"这主意太棒了，赶紧借哈士奇去呀！"于巴克听到这个主意后，兴奋地一拍大腿，赶紧催促艾小迪出发。

结果艾小迪发现于巴克的白色夹克衫因为刚才赶路，被蹭上了一团油渍。"哎呀，快把衣服脱下来洗洗，你看看你这个样子怎么去见我的朋友？"

"都什么时候了，现在还顾得上洗衣服？！"于巴克感觉对方不知轻重。

"我让你脱就脱！"艾小迪不满，硬要对方把夹克衫脱掉。

结果于巴克碍不住对方的强势，只得把白夹克脱了下来。

"去打盆水来，还有，把洗衣液拿来！"艾小迪叉着腰命令。

结果于巴克拿来后，艾小迪竟然挽起袖子洗了起来。

今天的艾小迪穿了件白衬衣，下面配了一条裙子，乍一看，跟于巴克俨然是情侣装。这条墨绿色的裙摆绯边很别致，是个阿基米德的斜纹，层层叠叠地向上蔓延，远看很像一颗少女害羞的心。

艾小迪洗得很认真，她低垂的长长睫毛，月白的肤色，浅色的嘴唇，以及那张鼻梁高耸、唇线分明的脸，都让于巴克在不知不觉的注视中走神了。

"从来没有女人给我洗过衣服。"于巴克喃喃自语。

"是从来没有女人，还是从没有洗过衣服？这两句话语境不一样的，要给我说清楚。"艾小迪还是那么强势。

"是从来没有女人。"于巴克的脸瞬间红了。

"骗人，你不是有未婚妻吗？"

"我们只认识了12天，是旅游认识的，然后就谈婚论嫁了，然后她就失踪了，然后爱情就夭折了，她从来没给我洗过衣服。"

于巴克说这些话的时候，眼睛大胆地盯着艾小迪那张纯净靓丽的脸看,看得对方无从躲闪,怦然心动。

这一刻,空气中飘来了爱情的味道,连屋里的香水座都散出了馥郁的薄荷花香,丝丝缕缕侵袭着艾小迪的心,这颗心在这个夜色,在这个房间里含苞待放……

突然,于巴克吻上了这个女孩子。他滚烫的唇贴在了对方的唇上,艾小迪挥舞着满手的泡沫挣扎,"讨厌,我还没告诉你哪能吻,哪不能吻呢……"

于巴克不再说话,沉浸在这个旖旎灿烂的甜美夜晚。

很快,哈士奇就借来了,唐莺不明白为什么两个年轻人要把一条大狗领到房间里来。结果刚说完,穆军就拿着针剂,捧着鲜花出现了。

一进门,那只哈士奇就冲他凶猛地叫了两声。穆军吓坏了,赶紧退了两步,站在门口不敢进来。

"唐莺,我知道你今天生气了,可是我觉得你太可怜,我有义务保护你。"

"我不需要你可怜。"

"唐莺,我不是可怜你,我爱你,你值得我爱,你值得每个男人去爱。"

"我什么都没有了,连生孩子的权利都没有了,我根本不值得你为我做这些,你走吧。"

"我今天来了,就没打算走,我是正式来向你求婚的,你让我进去吧。"穆军几次想进去,可是那只哈士奇都虎视眈眈地盯着他。

"不必了,你回去吧,你把药放下就行了,你的好意我心领了。"此刻,唐莺开始感谢那只哈士奇了。

"我买好了婚房,也买好了钻戒,唐莺,嫁给我吧!"穆军大胆地求婚了。

"行了,行了,你赶紧回去吧,病人需要休息。"艾小迪不耐烦地催促穆军离开。

"你是医生,还是我是医生啊?"穆军气坏了,他没想到自己没输给戴志强,却输在了一个小姑娘的手里。

"我警告你,哈士奇最喜欢咬发怒的男人!"艾小迪一点不示弱。

"你是不是跟戴志强一伙的?"穆军发怒了。

"我跟任何人都不是一伙的,姐向来独来独往。"艾小迪挑着眉毛。

"好好好,算你狠,我走,我走!"

"还有你的钻戒,也拿走!"穆军无奈又狼狈地跑走了,惹得于巴克和艾小迪哈哈大笑。

唐莺听到了两个年轻人的笑声,虽然觉得她们做得不对,但是她却不想训斥对方。因为从见到于巴克的第一眼起,她就觉得这个小伙子有些眼熟,对方身上有一种说不清楚的熟稔和温暖将她紧紧包围。

刘大象携款潜逃后一直没有下落，徐珊珊不放心老公的处境，于是一个个城市不远万里地寻找。由于徐珊珊不在 A 市，所以艾小迪的"假保姆"身份一直没有被曝光。她和于巴克的爱情越来越水到渠成，终于在一场场啼笑皆非的闹剧中，这两位年轻人意想不到收获了动人的爱情。艾小迪再也不去想念刘大象了，而于巴克的嘴里也再也不去提自己的未婚妻了……

　　可是听说唐莺要和穆军结婚的戴志强依然不死心，他带着那张小木耳脖子上丢失的翡翠观音图片，再一次来到了唐莺家。

　　这些日子，唐莺通过调养，身体已经恢复了元气。

　　戴志强站在了唐莺的面前，接着他的声音响起。

　　"唐莺，你告诉我，你是真心想嫁穆军吗？

　　"虽然他给你成功地做了手术，但是你不能因为感激就嫁给对方。

　　"如果你真的爱他，那么我真心实意地祝福你。可是如果是感恩，那你就是毁了自己！

　　"唐莺，当初我就是因为小木耳的丢失而加恨于你，结果一念之差，我做出了和你离婚的举动。

　　"离婚后，我一直以为能找到这枚翡翠观音，也一定能找到小木耳，可是我错了，时过境迁，我发现自己还是更需要一份婚姻。唐莺，我忘不了你。"戴志强的话让唐莺泪流满面，原来这个男人还是爱着自己，这是多么温暖的一句话，唐莺彻底沉醉了。

可是自己已经不完整了，不能再拖累对方。唐莺狠心下了逐客令。

当晚，戴志强再次在自己家中喝得酩酊大醉。

"唐莺，你看看这张照片上的玉坠，这是我曾经送给你的那枚观音，可是就是它扰乱了我的意念，让我一直钻进死胡同出不来。现在，我当着你的面把它撕了，再也不让它挡在我们中间！"戴志强醉意阑珊，喃喃自语。

当戴志强颤颤巍巍准备撕碎那张翡翠观音的照片时，在一旁照顾他的于巴克大喊了一句，"别撕！"

戴志强一愣，酒瞬间醒了。

"这枚观音我见过，我妈妈有一枚一模一样的。"

话音刚落，戴志强和艾小迪全都傻了。

"你妈妈有一枚一模一样的？你看清楚，真的一样吗？"戴志强屏住了呼吸。

"没错，是一样的，四指大小，冰种带翠，观音面容慈祥，手拿玉净瓶，环绕杨柳枝，身下的莲花座通身满翠，甚为养眼。"

"天啊，快去给你妈妈打电话！"戴志强觉得自己简直要窒息了，天底下怎么可能有这么不可思议的事。

戴志强隐隐约约认定于巴克就是当年丢失的"小木耳"。再看眉眼,和自己越看越像。戴志强坐不住了,一秒钟都不耽误,让于巴克现在就打电话给母亲去验证这件事。

当天夜里,于巴克的电话打通了,他和母亲通了很长时间的话,戴志强和唐莺发现于巴克的脸色越来越阴沉,越来越阴郁。无论戴志强和唐莺怎么问他,他都面无表情,一言不发……

结果两天后的一个上午,一位穿戴考究的中年妇女站在了戴志强的面前。"我就是于巴克的养母。"

至此,在这个冰冷的寒秋里,在戴志强家的客厅里,戴志强才彻头彻尾知晓了于巴克的身世。

原来,小木耳当年在机场走失时已经离开了候机大厅,淘气的他越过栅栏跑到了机场一处正在施工的工地。待到夜色降临时他大哭了起来,于是被一对旅游的夫妇发现了。他们在寻求无果的情况下,把小木耳交到了当地福利院,后来又飞来三次,办理了领养手续,随后小木耳被带回了他们在深圳的家。由于于女士一直无法生育,所以对这个上天降临的孩子分外珍惜,给了他最好的教育和最好的生活,并把他送到香港大学读书。但是一直以来,她都有块心病,就是小木耳脖子上带的这枚玉坠。她隐隐约约觉得,这个东西会是让她失去儿子的导火索。于是,在一个偶然的机会，于女士把这枚玉坠转送给了自己的一位朋友。可是，老天有眼，该来的总是要来，戴志强到底还是在十几年后找来了……

真相大白了，戴志强千辛万苦要找的儿子竟然远在天边，近在眼前。他发疯似的去寻找唐莺，要把这个最震撼的消息告诉她！无论裴海燕怎么阻止，怎么哭诉，戴志强都要出门，甚至喊出了取消婚礼的狠话！

戴志强的心里在着火，他想请唐莺放缓她和穆军的婚事，因为他们两人根本不是爱情。可是唐莺并没有答应自己，冥冥之中，他还是不想放弃自己和唐莺的感情！

可是奇怪的是，一直没有下床的唐莺这天却意外出门了。

第五节

唐莺在家里待了两个月了，烦透了，虽然穆军一直叮嘱她再养病一段时间，可是唐莺实在待不住了，她简直要疯了。其间艾小迪为让即将康复的唐莺高兴高兴，特地让4S店的同事早早把那辆对方订的红色小宝马送来了。

这两天于巴克都没有过来探望唐莺，艾小迪以为对方工作忙，所以也没有去追问。

这辆红色宝马车非常时尚，非常喜庆，唐莺看到的第一眼就喜欢上了。于是唐莺开着这辆宝马车出门了，她要去看看已经三个月没露面的超市了。

可是偏偏在路上就遭遇追尾了，结果偏偏那个"肇事男"脖子上戴的翡翠观音就进入了唐莺的视线。那一刻，唐莺的心简直要跳出心脏，她的嗓子紧张得竟然失声了。她想第一时间打电话给戴志强，让他来验证一下，可是颤抖的手指竟然发现自己根本打不开皮包的搭扣。

此时的唐莺脑子特别乱，她记得今天的街上新增了许多植物盆景，绿化带里的郁金香在微风中盛开了，给这个城市增添了一抹时尚。天空中，偶然能看到飘飞的风筝和斑斓的落叶；街面上，略带哀伤的雕像和奔跑的儿童一静一动，相得益彰。

她记得路过十字路口的时候，前面的红灯亮了，自己还没把刹车刹稳，只听砰的一声响，自己的车身猛震了一下，得！追尾了！刚才还一片明媚的心情一下子黯淡了下来。

她记得自己开门下车，后排冲上来一个40多岁的男人，模样斯文，一个劲儿地道歉。

她记得自己刚想发火，猛然瞥见对方脖子上挂着一个玉坠。那是个冰种带翠的观音，四指大小。观音面容慈祥，手拿玉净瓶，环绕杨柳枝，身下的莲花座通身满翠，甚为养眼。

她记得自己本来还想要出这个"追尾男"的工作单位和家庭住址,以便询问那个"翡翠观音"的来源,可被这两个八婆女人当成小三一通讨伐。无奈删掉了"追尾男"刚留给自己的手机号,并且快速还车,快速消失在那两个女人的视线里……

18年前的往事像碎片一样纷纷向她袭来,昏黄的记忆中又把唐莺带到了那个痛苦、纠结,不愿意回忆的年代……

这时唐莺突然趴在方向盘上哭了,这时她腹部的刀口再次疼痛了起来,疼得唐莺直不起腰,她不知道该给谁打电话,她在太阳下望着天空流泪。

"志强,你在哪里?我想见你,现在——"

正当唐莺心中焦虑,一筹莫展的时候,戴志强也在开着车子发疯地在街道上寻找唐莺,他拼命地拨打唐莺的手机,可是没有人接听,戴志强焦急又焦虑。他不停地询问艾小迪,可是对方也不知道唐莺开车去了哪里。

戴志强的汽车在街上横冲直撞了起来,他企图能撞见唐莺,他希望尽快把好消息带给唐莺,以便她回心转意。

在经过第五人民医院时,戴志强突然看到了穆军的汽车,并且看到穆军从车上下来。这时戴志强突然看到了希望,他猜想目前急速想上位的穆军一定知道他喜欢的女人的去向。

"等一下，我问你，唐莺在你那儿吗？"戴志强一个箭步下车，赤裸裸发问。

"我凭什么要告诉你？"穆军的语气中显出了不友好。

"我现在急着找唐莺，你不是向她求婚了吗？应该知道她的去处。"

"我不知道！我求婚不是被你们串通一气给搅黄了吗？神经病呀！跑来问我！"

"这关系到我和唐莺间的生死，麻烦你告诉我她现在在哪里？"

"我不会告诉你，我知道也不会告诉你！"

"唐莺绝不会嫁给你的，你们之间没有爱情！"戴志强吼了起来。

穆军掉头，开车走了，一脸愤怒，不再理睬戴志强。

戴志强马上追上了前面的这辆车，他希望能从对方那里快速获得唐莺的信息。

穆军发现有车跟着自己后，开始跟戴志强飙起了车，不仅在马路上抢路，还时不时用车身蹭挂对方的车身。

戴志强那句话彻底激怒了穆军，这个男人像一头发怒的狮子横冲直撞，咆哮而至。

穆军发疯似的狠踩油门，和戴志强飙车，试图把对方逼入死地。由于他两次求婚都被唐莺拒绝了，所以他异常恼火。第一次是艾小迪用哈士奇堵在门口，吓得他尿了裤子。第二次是艾小迪给他了一杯辣椒水，辣得他舌头发痛忘了词。

可是天地良心，穆军这一次不是在报复唐莺，而是真的爱这个女人，但是周围的人就是不肯相信。嘲讽的、愤怒的、泼凉水的，用狗示威的，阻力重重，让穆军心凉不已。

特别是戴志强第一个跳出来阻挠自己，并且质疑自己的医生本质，怀疑自己会在手术上对唐莺下死手！这个男人为什么偏偏和自己作对，他毁掉了自己第一段婚姻，现在又想来毁掉自己这一段爱情？休想！

那天下午，地上刚下过雨，有些湿滑，恼羞成怒的穆军情绪有些失控，在一个偏僻的急转弯路口，他把戴志强的车逼入了绝境。对方一个刹车不当，结果戴志强的汽车一下子失控撞上了防护栏……

穆军看到戴志强的车窗玻璃碎了，头部也有血渗出，一下子慌神了。他颤颤巍巍地掏出电话，可是他不知道该打给谁。他本想教训一下对方，谁料却酿成了惨案，穆军的脑子突然懵了。

由于接近黄昏，这条路较偏僻，行人稀少，穆军在寒风中站了10分钟。看着戴志强满脸鲜血的样子，有那么一刻，他很解气。可是最终医生的职业意识战胜了一切，他颤抖地拨打了 120 急救电话。

这时渐渐有了行人围过来,穆军觉得自己难逃一劫,第一时间给唐莺打了电话。他想说明自己不是蓄意,是意外;他想解释自己的愤怒和自己的恐惧;可是偏偏唐莺这天没带手机。经过了短暂的挣扎,戴志强决定主动去投案自首。

这时,救护车已经把伤重的戴志强拉走了,穆军的心情稍稍平静了一些。

结果穆军的投案报警电话没来得及打通,他的手机却突然炸响,是医院的急诊电话。对方说医院刚接到一个车祸中腿部受重伤的病人,因为需做手术,请穆医生务必在最短的时间里赶到医院手术。

穆军当时的脑子已经乱了,他已经在前往公安局去自首的路上了,他怎么也没想到这个人会是戴志强,因为他明明看到对方是头部受伤的。但是最终穆军还是从去公安局的路上折回医院了,他在想自己是医生,先救人一命,再回来自首也不迟。如果真的是在劫难逃,那自己也认命了。自己前 40 年过得太窝囊了,如果真能换种活法,也行!

结果到了医院,穆军为了平抚心情接连喝了 2 瓶镇静饮料,他感觉自己的血压终于下来了。可是当穆军换完手术服后彻底傻了,原来这个危急的病号竟然是——戴志强!

第六节

戴志强的腿骨重度骨折,很可能残废,由于汽车前厢变形,他被120急救人员费了很大劲才抢救出来,因此伤情危重。

裴海燕第一时间赶到了医院,看到了未婚夫这个样子,非常震惊,哭得肝肠寸断。

唐莺也在稍后不久赶到了医院,她是接到了裴海燕的电话,对方哭着跑来求她,"唐莺,我求你,我求你,你去跟穆医生求求情,虽然他们是情敌,可是这是人命关天的手术,请他行行好,救志强一命。"

穆军是全市最权威的骨科专家,所以戴志强被120送到了该医院。

唐莺的脑子瞬间短路了,最近这是怎么了?先是自己不小心被车给撞了,戴志强不顾屈辱放低身段去求穆军;现在戴志强又突遭横祸,自己又要好言好语去求穆军……

的确,戴志强是穆军的情敌。以前是因为梁婷,成为情敌;现在又因为唐莺,成为情敌。目前穆军追求唐莺还遭到对方的频频拒绝,此时此刻这个男人会拯救自己的情敌吗?还是会对病榻上的戴志强下死手?

"穆军,我想,我想求你,求你救救戴志强。他的腿,他的腿一定要保住……"

"你还是忘不了他?"

"这跟我求你没关系。"

"怎么没关系?"

"因为这是裴海燕让我来替她求你的,戴志强的未婚妻是她,不是我!"

"她和戴志强结不了婚,就像我和你也成不了婚一样!"

唐莺惊诧地望着穆军那张斯斯文文的脸,他带着秀琅镜架;他依然眉毛高耸;他因为照顾自己的病情,消瘦了很多;他还是那样的傲慢与固执……

"总之,我求你——"

"唐莺,不用求他了,我去找了医院领导,要求对方给戴志强换主刀医生。"还没等唐莺说完,裴海燕就跑过来将对方拉走了。

"现在是关键时刻,戴志强要尽快手术,如果骨折时间过长,患处将截肢无疑。"穆军急了,上前拦住了裴海燕。

"就是截肢,我也不让戴志强的情敌截!"裴海燕的霸道劲儿上来了。

"混账!我都怀疑你究竟爱不爱戴志强!小梁,赶紧准备手术!"穆军走进了手术室。

裴海燕看到对方进了手术室,像疯了一样冲了进去,"你不能进去,我不同意你做手术,你会毁了戴志强的,你给我出来!"

医院领导和保安再次将裴海燕、唐莺围了起来。这时穆军被院领导从手术室里叫了出来,气氛再次紧张起来。

几位骨科专家直接在医院走廊展开了会议。医院换的那位骨科主刀大夫执意推行保守手术,不做腿骨接片,暂时清理创口,取出腿骨碎片,看愈后情况再考虑手术方案。

而穆军坚决反对,他说现在就要第一时间接骨,即便手术会有并发症和瑕疵,但是能保住患者的腿部。可是反对声说太冒险,一旦出现并发症,患者将会一命归天。

接着裴海燕也加入了争辩的队伍,她坚决反对穆军主刀。可是戴志强妈妈却同意穆军赶紧手术,她在手术单上签了字。

穆军毕竟是骨科小有名气的专家,危急时刻,顾不上那么多了。在沉默了5分钟后,穆军一反常态,他一意孤行要推行冒险手术,完全不顾院领导的强烈反对。

看不透结局的唐莺,暗暗为戴志强捏了一把冷汗。

在漫长的等待过程中,她想起自己曾试着找穆军沟通,放弃冒险手术方案,选择保守治疗,可是穆军断然拒绝。

她想起穆军这阵子一直上门为自己打针治疗;

她想起戴志强痛彻心扉的忏悔;

她想起穆军的求婚以及穆军的表白;

她想起穆军一意孤行坚决采用冒险方案时那张面无表

情的脸；

一切听天由命吧。唐莺累了，此刻上帝抽走了她的智慧，她的力气，她的思维和她的全部……

在经历了13个小时的艰难手术后，穆军几乎以虚脱的形式站在了门口，他出了手术室。

"手术很成功，患者完全可以康复。"穆军摘下了眼镜，唐莺看到对方脸上布满了密密麻麻的汗水。

而唐莺和戴志强并不知道，院领导对穆军这种一意孤行为医院带来巨大风险的行为非常恼火，一致决定要开除对方的职务。他是顶着开除的风险，做的手术……

可是戴志强的未婚妻裴海燕根本不肯放过穆军，她说如果穆军在手术上动了什么手脚，如果戴志强康复得不好，如果戴志强要有个三长两短，自己就让公报私仇的穆军坐牢！

可是还没等裴海燕行动，公安局就来让穆军坐牢了。

"谁叫穆军？这里谁叫穆军？"

还没等穆军换掉手术服，交警队的民警协同公安干警一起把穆军给带走了。

原来有目击群众反映，是穆军的车子撞了戴志强的车子。结果交警队赶紧调出了当时的监控录像，果然顺着车牌号查到了穆军。

这时，穆军大方地承认，自己和戴志强赌气飙车，结果对方不小心撞上了护栏,这次的事故自己有不可推卸的责任。

结果众人听完,全都傻了。最终,穆军以危险驾驶罪被公安机关带走了……

第七节

穆军被警方带走后,医院这边炸开了锅。

戴志强躺在病床上,依然没有苏醒。

走廊外面,裴海燕第一个跳了起来,"这肯定是——蓄意谋杀!穆军他没安好心!我要去举报——"

"海燕,你疯了!戴志强还没脱离危险,你还嫌不够乱!"唐莺涨红了脸阻止裴海燕乱嚷嚷。

"他和戴志强是多少年的情敌?为什么偏偏穆军的车撞了戴志强?你给我解释解释!"裴海燕开始朝唐莺发火。

"这事跟情敌有什么关系?这就是个交通意外!"

"意外,你说得真轻巧,为什么穆军没遭到意外,为什么不是戴志强的车撞到穆军?"

"好啦,我不跟你说了,我现在要去弄清楚怎么回事!"唐莺拿了包,冲出门外,这时她突然剧烈地咳嗽起来,接着她胸口剧烈起伏,脸上瞬间红云滚滚。

于巴克和艾小迪跑过来安慰唐莺。

"唐总，送你去医院看看吧。"

"不用，我没事。"

"怎么没事，你看看你都快吐血了。"艾小迪对唐莺这种不爱惜身体的做法极为不满。

"你一惊一乍干什么，我没事，你们看好戴志强。"唐莺抓了包出门了。

戴志强的父亲出狱后一直生病，母亲又要照顾重伤的儿子，又要照顾虚弱的老伴，所以这几天都没来医院，全靠裴海燕一个人撑着。唐莺心疼戴志强，害怕裴海燕困顿之下出差错，所以把于巴克从超市调到了医院陪护。本来于巴克和戴志强就是邻居，他一直受着戴先生的庇护，对方烧菜会端过来一份，对方喝葡萄酒会叫他品尝，所以这一次于巴克来这里义无反顾。而艾小迪和于巴克正处热恋，如胶似漆，所以也义无反顾地来了医院。

警局里，穆军正遭受着一场调查问讯。

警局从监控录像上看到，这两辆车一直在飙车。

"你们认识？"

"算是认识。"

"到底是不是认识？"

"认识。"

"什么关系？朋友？同事？仇人？"

"朋友。"

"什么样的朋友?"

"普通朋友。"

"什么样的普通朋友?"

"他的前妻是我的红娘。"

"他前妻?"

"对,他前妻是我的红娘。"

……

穆军在警局里的问询持续了4个小时,随即他被转为羁押了,接下来究竟是什么命运,无人知晓……

第二天清晨,戴志强很快脱离了危险,并且腿部手术很成功,第二主刀医生程医生查房时说,估计患者愈后结果比较乐观,行走和正常工作都不会耽误。

"天啊,太好了。"裴海燕喜极而泣,长长松了一口气。

"海燕,快替我谢谢程大夫。"戴志强在病床上虚弱地扭过头来,感激地看着面前的程医生。

"别谢我,我不是主刀大夫,穆医生才是主刀大夫。"程医生的话语很平静,可是戴志强却听得惊心动魄。

"什么?是穆军给我做的手术?"戴志强惊讶道。

"没错,可是我一点不感谢他,我还要追究他肇事责任呢,我问你,是不是他开车故意撞的你?"裴海燕气坏了,她觉得打击穆军，就是在打击唐莺。

"警方交代，等你醒了，他们会来找你问话。"程医生吩咐护士去打电话去了。

戴志强懵了，当他得知穆军有可能以危险驾驶罪被公安机关拘役后，一下子变得非常焦急。"我们就是赌气飙车，是我自己驾驶技术不好，不怨对方，穆军没责任，你一会儿别乱说，听见没有——"一想到穆军有可能被判刑，有可能被开除公职，戴志强的心软了，他觉得自己不能这么自私，不能这么袖手旁观。可是无论戴志强怎么要求，裴海燕都强行阻止，"他都把你害成这样了，你还想着替别人开脱，你傻呀你！"

不一会儿，警局的干警来到了戴志强的床前。

"戴先生，我们想问你几个问题。"

"我被撞了，什么都记不清了。"

"你再好好回忆回忆，穆军的车怎么跟上你的？怎么出现在你旁边的？"

"我真的记不清了。"

"你是记不清了，还是故意替他隐瞒什么？"

"我再说一遍，我记不清了，你们别再问了，下雨了，路滑，我自己不小心撞上护栏了，跟穆军没有任何关系……"戴志强情绪激动起来，他的手背上青筋暴起。

最终，警察又和裴海燕聊了几句后，走了。

可是警察走了之后，戴志强和裴海燕大吵了起来。

"你究竟对警察说了什么？"

"我实话实说，你们俩本来就是情敌，他想谋害你！"

"胡说，是我自己不小心。如果他想害我，他完全可以在手术上做手脚，他没有，他救了我！"

"你现在还没完全恢复，谁知道最终会不会留后遗症！"

"就算有后遗症我也不让你照顾，就算有后遗症我也认了！我活该，我不怨恨任何人！"

"戴志强，你，你良心被狗吃了，我没日没夜照顾你这么多天，你良心被狗吃了……"裴海燕气坏了，拿了外套冲出医院，接下来的一周再也没有出现。

第八节

之后，于巴克给唐莺打了电话，唐莺赶来了医院，开始衣不解带地侍候戴志强，端茶倒水，端屎端尿，没有一句怨言。

好几次，戴志强都强撑着要下床，说自己要去警局说明问题，告诉他们，这场车祸跟穆军没关系，就是那天两人遇上了，吵了两句嘴，接着下雨路滑，自己撞上了护栏……

喜鹊人生

"你真的不再恨他了?"

"他顶着被医院开除的风险为我选了一套能完全康复的方案,我还能说什么,没有任何人能像这个情敌一样在关键时刻如此爷们儿。"

唐莺什么也不说了,握着戴志强的手放在自己的胸口,一个劲说谢谢你,谢谢你。眼泪挂满了她的脸颊,缓缓流下,接着在下巴上汇成水柱,最终狠狠地砸在地板上。

于巴克和艾小迪也流泪了,他们为戴志强和唐莺的爱情流泪;为男人和男人之间的情谊流泪;为这世间的宽容和原谅流泪;为相爱的人最终能相守流泪。

这时,艾小迪主动承认了自己卧底唐妈妈家的报复初衷,并请求唐莺原谅。

谁料唐莺摇摇头,"什么都别说了,我什么都知道。"

原来这世间有一种大爱,叫宽容;

原来这世间有一种美德,叫原谅。

突然,苏醒过来的戴志强猛然想起了一件更为重要的事。

"唐莺,于巴克就是丢失的小木耳。"

时间在那一刻静止了。然后有一个时间黑洞,把唐莺吸入了另外一个时间隧道里。在那里小木耳刚下飞机;唐莺和母亲交谈;唐莺摘下脖子上的翡翠观音给小木耳戴上;小木耳说,妈妈这是什么呀,好漂亮;接着小木耳失踪;

唐莺找遍了整个机场，依然没有找到；唐莺昏倒在机场大厅里，耳边全是"我是罪人"的声音……

"小木耳，你真的是小木耳？！"唐莺根本不敢相信眼前的一切。

"我妈妈的电话，你现在就打给她，去证实。"于巴克也很激动，他拨通了电话。

电话那端是一个举止考究的中年女人，声音透着伤感。"该来的还是来了，我知道会有这么一天……"

太阳突然从云层里钻出来了，照亮了整个病房。

"太不可思议了。"艾小迪发出了赞叹。这段日子以来，这个前卫辛辣的女孩彻底改变了，她摒弃了以前的穿着，她摒弃了以前的想法，她摒弃了以前的爱情观。原来世界上除了吃喝打扮之外，还有这么美好的事。

"我一直都觉得在哪里见过你，原来你是我的妈妈。"于巴克扑倒在唐莺的怀里。

"其实我，我不是你的妈妈，但戴先生的确是你的爸爸……"唐莺艰难地开口，开始讲述自己19岁时那段纠结、耻辱的岁月。

旧时光再次呼啸而至。19岁时唐莺红扑扑的脸颊；阳光下，她那个若隐若现的酒窝；穆阿姨吩咐自己给穆军找对象；年轻时的穆军和梁婷见面；梁婷发出轻快愉悦的笑声；两人简朴的婚礼；婚礼上唐莺的酒窝被笑容填满；接着梁婷失踪；接着穆军把小木耳扔给唐莺；唐莺随即被家人轰出家门；背井离乡去东北当保姆；接着小木耳在机场丢失……

"天啊，怎么会这样，你怎么吃了这么多苦。我妈妈说，你就是我的亲妈妈。"于巴克流泪了。

"我不是，孩子，我不能骗你，但是我能找到你的亲妈妈。"唐莺擦去了于巴克的泪水。

可是还没等唐莺找到梁婷，安抚于巴克，结果警方那边却传来了穆军因危险驾驶罪被拘役4个月的消息。

戴志强听到这个消息后非常揪心，他埋怨自己没替对方说上情，于是赶紧让唐莺放下寻找梁婷的任务，转而去拘留所代他探望穆军。

于是唐莺去了拘留所，见到了胡子拉碴的穆军。

"为什么要去撞他，现在不后悔吗？"

"撞的时候，不后悔。"

"那现在呢？工作也没了……"

"现在更不后悔了，因为我救了他一命。"

"情敌和情敌间的嫉妒就这么可怕吗？"

"我们现在不是情敌了……"

唐莺望着面前的穆军，不再说话。

……

四个月后，戴志强的腿伤彻底康复了，他果真没有落下后遗症，终于可以行走自如了。与此同时穆军也结束了自己的拘役生涯，自由了。这天他来到了戴志强的病房，来接戴志强出院。

穆军站在戴志强面前，"恢复得不错，这下咱们两人一报还一报，谁也不欠谁了。"接着他告诉对方，说自己还是决定出走南方，因为医院已经把他除名了。"今天，我是来和你跟唐莺告别的，你们别把我想得有多么高大，其实我这么做的理由很简单。唐莺已经失去生育能力了，不能再让她爱的男人瘫痪……"

这句话彻底让唐莺流泪了，唐莺什么也没说，上前紧紧拥抱了穆军，之后戴志强也抱住了对方。三个经历了血与火考验的命运多舛的男女，此时无声胜有声，三双臂膀紧紧拥抱在了一起……

可是站在一旁的裴海燕，脸上的表情却像块冻肉，她冷若冰霜又怒不可解地看着面前的三个男女。

这场车祸之后，裴海燕忿忿离开了戴志强。"什么也别说了，我知道自己从未入过镜，所以根本谈不上抢镜，更谈不上出局。"

第九节

　　康复后的戴志强和唐莺一起回到了那个曾经是他们新房的家。

　　家里的摆设还是一如既往，酒红色的大门敞开着，和屋内奔放的印度红木地板交相呼应；苹果青的客厅墙壁上，复古的铁艺与现代印象派画交织点缀；屋内闪着橘色的射灯光束，略带镂空的米色树叶造型的窗帘在夜风中微微摆动。客厅的酒柜上摆满了各式各样的水晶酒杯，茶几一角，依然摆放了那张唐莺在葡萄园里采葡萄的照片。

　　"天啊，这张照片你还留着？"唐莺的惊喜依然有增无减。

　　"是啊，它刻在我心里了，永远不会消失了。"

　　恍惚中，唐莺看到戴志强向她走来，缓缓的，脸上带着笑容，微微一弯腰就轻轻抱住了自己。那一刻，唐莺的心出奇的安静，过往的浮茫和苍凉消逝得无影无踪，好像被人施了某种奇异的法力一样，畅快淋漓。那拥抱对于唐莺来说，没有一丝一毫的生疏和隔膜，仿佛前世今生就被他的热力和柔光润泽着。两人就这样紧紧相拥，谁也不愿放开对方，惟恐一松手，咫尺变作天涯。

　　唐莺注视着面前这个男人，他身上依然有着18年前的烟草味，他脸上依然有着桀骜并且温柔的眼神。唐莺用力将脸在对方的胸膛上蹭来蹭去，没错，纵使岁月悠悠，她爱的味道还在。

当爱如潮水汹涌袭来的时候，她又能逃到哪儿去呢？生命如同一场圆舞曲，转过一场又一场，有一种爱注定会婉转而来。他用炽烈的唇吻着她，她听到他轻轻地说："唐莺，我爱你。"

可是，突然唐莺剧烈地咳嗽了起来。这阵子由于操劳，她的肺病似乎又重了。瞬间，唐莺呼吸起伏，脸颊极红，这种红让人触目惊心。

戴志强吓坏了，火速从冰箱里拿出许多冰块，并顺手扯下一条唐莺的丝巾裹住。接着他一把撕开了唐莺的衬衣，然后把裹有冰块的丝巾放在了唐莺的胸口。由于刚才的惊讶，唐莺的胸口剧烈地起伏着，此时瓷白的肌肤和脸上的红云滚滚形成鲜明的对比，让戴志强焦虑不堪又无法自持。

渐渐地，唐莺的咳嗽声缓了下来，她说好受多了，情绪平静了一些。此时，冰块外的白霜被她的体温烤化，水珠从薄薄的丝巾里渗出来，成股地流进她的胸口里。此时的唐莺周身洋溢着一种令人窒息的温暖与美丽。

"让我来照顾你吧。"戴志强紧紧把唐莺拥进怀里，瞬间，他的身体被冰与火包围……

天啊，这是唐莺17年前离开戴志强时，发生在对方家里的一幕。可是17年后，依然在戴志强家，又奇迹般地上演了。

"志强，我饿了。"已经退了体热的唐莺突然有了食欲。

"可是我刚出院，家里什么吃的也没有。"戴志强发现自己家里只有白米。

"那就吃茶泡饭！"唐莺脸上出现了少女的红晕。

"好嘞。"很快戴志强用电饭锅焖好了米饭，接着他泡好了一壶上等的龙井，然后他放入了两片柠檬，片刻后浇到了两碗米饭上，白花花的米粒上瞬间绽放出金灿灿的光泽。

"志强，我觉得这一切宛如梦境。"

"这不是梦。"

"志强，这是我吃过最好吃的米饭。"

"这不是米饭。"

"那是什么？"

"那是我对你的爱。"

唐莺的酒窝再次被笑容填满，她有了皱纹的眼角已不再年轻。

唐莺今天穿了一件浅紫色的毛衫，这个颜色打亮了她皮肤的底色，如婴儿般的粉红酝酿而出。那天晚上的星星特别多，一眨一眨照亮了整个夜空，夜色里全部都是妖娆的紫色。

每一个被上帝做成奖品的女人,都是幸福的;每一个收到了上帝奖品的男人,都是幸运的。客厅里柔和的灯光映衬着唐莺绯红的脸颊,而此时两人心中的画卷也在一点一点吐蕊绽放。

两人拥吻,风生水起。这个吻非常投入,非常本能,深深地点燃了两人藏在心底许久的爱恋与欲火……

浓浓的夜色像海水一样淹了过来,唐莺感觉自己被巨大的海潮包围,海风一次又一次席卷着滚滚波涛打来,让她觉得呼吸急促,视线模糊。卧室门廊上那串金色的风铃剧烈地摇摆着,似乎想凑出一首狂劲的乐曲,这首乐曲和汹涌的海水交汇,风起云涌中仿佛蕴藏着无数的惊涛骇浪。但是唐莺明显感觉到,自己身边一直有一股浓烈又甘醇的气息包围着她,这种感觉熟悉又陌生,亲切又温暖,恒久地留在了她的记忆里。

而在戴志强眼里,唐莺是他的女皇。虽不再年轻,却依然芬芳。他要让自己变成一个真正的'阿凡达'男人,在属于自己的战场上,感受到女人天生的幻变,就像一月细雨、二月春回、三月桃李、四月芳菲……

平静之后,戴志强起身弹起了那首久违的《万水千山总是情》,欢快的乐符在琴手的指腹间折叠又展开,在层层叠叠的挤压中,光阴有了流年的味道。在这样如水的琴声中，连夜色也被染上了旖旎的色彩。唐莺和戴志强在夜色的镜头里宛如一对相爱的佳偶,爱的欢乐灵动。

"莫说青山多障碍/风也急风也劲/白云过山峰也可传情/莫说水中多变幻/水也清水也静/柔情似水爱共永/未怕罡风吹散了热爱/万水千山总是情/聚散也有天注定/不怨天不怨命/但求有山水共作证"

这么多年后,唐莺依然能动情地唱起这首歌,这歌曲中富含了太多的柔情、挣扎与不舍。但是一生的痛苦和磨难,都在这一刻结束了……

徐珊珊和刘大象也回来了,这个痴心的女人终于在马来西亚的旅行团里找到了自己的老公。目前,徐珊珊拿出了自己的全部私房钱给老公摆平了这场官司。原告撤诉了,刘大象和徐珊珊也和好如初了。

随后,戴志强号召大家一起加入了寻找"肇事男"的队伍,于是艾小迪、于巴克、徐珊珊、刘大象、于女士全部揭竿而起。一行人费尽了九牛二虎之力,走遍了大半个A市城,总算把这个追尾的"肇事男"给找着了。原来于女士的朋友得知这枚翡翠观音价值不菲时,早就变现脱手了,这个"肇事男"已经不知道是第几位买主了。

翡翠观音找到了,小木耳的身份也搞清楚了,唐莺泪眼婆娑地抚摸着"儿子"的脸语无伦次，她不知道此刻自己应该说什么。戴志强花高价把这枚翡翠观音赎回来了，接着他重新戴回到唐莺的脖子上，唐莺喜极而泣……

"唐小姐，对不起，我不应该卖掉这枚玉坠。但是我现在代表我先生祝福你和戴先生的爱情。祝你们白头偕老，永结同心。"

"对啊，永结同心。"

"白头偕老，花好月圆。"

所有的人都希望唐莺和戴志强再续前缘，这一次历经沧桑的两个人再也不能拒绝了，两人紧紧拥抱，再也不愿分开。于巴克、艾小迪、徐珊珊、于女士都加入了唐莺婚礼筹备的大军，这个婚礼被众人列为一号总统婚礼的规模，唐莺原来喜鹊婚典的员工都前来帮忙了，陈姐、刘姐、张大姐、李大姐、王大妈都来了，一行人忙得不亦乐乎。

当天下午，当唐莺和戴志强两人再次从唐莺原先那家婚庆公司经过时，偶遇了一对新婚的夫妇，他们的婚车一辆又一辆喜庆地开过，惹得唐莺久久驻足。

戴志强望着她，深情地说："不要回避你心里最真实的想法，你还是喜欢你原来的婚庆公司，那还犹豫什么，再把它开起来！"可是唐莺摇头，她说："我只要干了这个职业，身边的人就会倒霉。"可是戴志强眼神坚毅地说："我

喜鹊人生

不怕倒霉,我已经倒了半辈子的霉,即便下半辈子还要倒霉,我也认了⋯⋯"

此时夕阳吻上了晚霞,天边亮出了璀璨的火烧云,似乎有一大朵不愿退却的火烧云,披着玫瑰色的外衣,仿佛要与霓虹争宠。于是整个天穹被染成了绚烂的紫色,霞光万丈,继而绽放出浪漫与飘逸的色彩。

那一晚,唐莺做出决定,一定再把喜鹊婚典赎回来,一定要用自己的婚庆公司为自己办婚礼。说这话的时候,唐莺尤为明亮动人。

此刻的戴志强好像42年来才明白了性感的真正含义,它不单单是肉体的丰满可爱,而是她身上有一颗自由而茁壮的灵魂。这个女人敢爱敢恨,自信独立。她处在最魔幻的年龄,不会太世故,不会太青涩,成熟也真实,可以较真可以笃定,可以不问结果地一路走到底⋯⋯

那一晚,唐莺问了戴志强3个藏了很久的问题。
"为什么总是给我送满天星?有什么含义吗?"
戴志强说我没有送。
唐莺不与他辩解,问出接下来的两个问题。
"为什么和裴海燕交往?"
"那次啤酒厂那块地竞标时,你为什么和裴海燕吵架?"
戴志强告诉对方,裴海燕本来要拿钱出来满足戴志强重振葡萄酒厂的想法，可是戴志强临时反悔了，他不愿意和唐莺竞争，因为她觉得这个女人前半辈子太苦了，不能再有身边的人成为她的绊脚石了。此外，戴志强还要求裴海燕动用一切关系和手段决不能让这块地被房产商租赁给别人，为此裴海燕在背后多花了七八十万，为此戴志强只得违心答应和裴海燕交往并结婚的请求。唐莺听到这里哽咽不止，她紧紧抱住了戴志强。

婚礼一天天逼近了，幸福的味道把唐莺彻底包围。可是唐莺的钱却没了，她有苦难言。

究其原因是她炒房被套。那阵子失婚失恋又失去孩子的唐莺一下子觉得人生无望，听信了刘大象的谗言——这年头只有房子最可靠。

"钱不是钱，钱是安全感，有钱就有安全感。"

"现在'房女人'最时髦了，除了房子一无所有的女人，其实是最有安全感的女人。"

刘大象的三寸不烂之舌说动了唐莺。为了获得后半生的安全感，唐莺开始拼命囤房子，为此花光了全部储蓄，为此贷了好多款，成了一个不折不扣的"房女人"。现在银行紧缩银根，资金链断裂，她想要抛出超市救急。

"这些都是你原来单位的老同事，他们已经下岗一次了，你难道还要让他们无家可归？"戴志强不同意唐莺卖掉超市还贷款的决定，毅然把自己的葡萄酒厂给转卖了。

唐莺保住了超市，但是她赔钱抛售了全部的房产。直到现在她才明白，自己从最初的"业女人"，发展到"房女人"依然是没有安全感。原先把事业当成人生的全部，之后又把房子当成后半生的保票，但最后全都枉然，人生还是要有爱情，并且要相信爱情。

曾经，她救活了他；如今，他救活了她。他们是彼此的毒药，也是彼此的解药。

随后，唐莺用高于市场价三倍的价格再次盘下了自己原先那家"喜鹊人生"婚典婚庆公司，她选择相信真爱，她坚信这世间依然有真挚爱情。这时，他们的婚礼终于提上了日程。

此时身为红娘的唐莺感慨万千，婚庆公司开了将近20年，自己亲眼目睹了改革开放30年来婚庆礼仪发生的巨大变化。原来自己最早的婚庆所是个小平房，后来演变为小二楼，现在是直耸云霄的52层写字楼，员工上百个，业务万万千。这期间，自己办过徐珊珊的婚礼，办过穆军的婚礼，马上还要操办小木耳的婚礼。可是不知自己这次的婚礼是否还会顺利？会不会又像若干年前那样，突然杀出个小鬼来捣乱？

第十节

　　结果怕什么来什么。在婚礼的前一天，梁婷再次出现了。此时这个穿着 12 公分高跟鞋的女人已经病入膏肓，她得了很严重的乳腺癌，并且已是晚期。人之将死，其言也善，她流着泪向唐莺道歉，说自己不该那么对她，不该那么诅咒唐莺，接着她把唐莺和戴志强留在了身边，其他人都支出去了。

　　"对不起，其实，其实，我根本也不知道小木耳的爸爸究竟是谁……"

　　梁婷的这句话再次让所有人大吃一惊！

　　可是此时经历了多舛命运的唐莺和戴志强早已把这个结果置之度外了。他们在心里一致认定，小木耳就是他们的儿子，如今儿子失而复得，更要珍惜一家人的团圆。

　　唐莺和戴志强给了梁婷最好的医疗条件，为此两人还推迟了婚礼。而梁婷的一生，从穷奢极欲到家徒四壁，从众星捧月到孤独无依。最终，梁婷还是遗憾离世。但是临终前，梁婷摸着儿子的脸久久不放，流下羞愧的泪水……

　　"儿子，好好爱你的妈妈，因为她是世界上最好的妈妈。

　　"儿子，不要嫌弃你的爸爸，因为他比你的亲爸爸更像爸爸。

"唐莺,你知道我为什么喜欢戴三个镯子吗?

"唐莺,你知道我为什么胳膊上有块疤吗?

"唐莺,你知道我为什么那么爱钱,那么爱男人吗?

"因为我渴望爱。

"因为我恨我的父母。

"那时我都7个月了,他们一听说是女孩,就使了各种办法打胎,结果我命硬,硬是投胎来到了人世,可是胳膊上却留下了这块打胎的永久伤痕。我为了掩盖它,总是喜欢戴三只镯子。别人说我虚荣,说我拜金。可我就是喜欢钱,我想过好日子,我还喜欢男人,如果有男人对我好,我就会死心塌地地跟着他。可是我心虽高,命却贱,遇到的都是烂桃花,没有人把我当成一块宝……"

梁婷走了,带走了所有人的眼泪。虽然梁婷不是个好女人,但她依然有资格赢得眼泪。弥留之际,她一直拉着唐莺在恋恋不舍地述说往事。你挨得住多深的诋毁,就经得住多大的赞美,唐莺无疑是一个不折不扣高尚的人。这是梁婷弥留之际的感慨。

生活永远不可能像你想象的那么好,但也不会像你想象的那么糟,无论是好的还是糟的时候,都一定要坚强。这是莫泊桑的《人生》中的一句话。唐莺作为一个勇敢的人生活着,她选择了坚强,于是终于等来了迟到的幸福。

此时窗外微风轻摇,恬静的空气中夹杂着花香,那些尘封的往事仿佛变作丝竹管弦悦耳地在耳边响起,这静谧温馨的成功时刻历经磨难终姗姗来迟……

10月22日终于到了。

这个夏天真长,这个秋天真短。这曾是戴志强的抱怨,可是今天他不再抱怨,在这个深秋,他永远地拥有了自己心爱的女人。

那个明媚的早晨,唐莺和戴志强的婚礼隆重举行,伴娘是艾小迪,伴郎是小木耳。这一天还是唐莺婚庆公司成立18年庆典的大喜日子!"喜鹊人生"婚典的全体工作人员都盛装出动了,街道被大大小小的车辆围得水泄不通,一些听闻唐莺传奇经历的热心人还开着自己的豪车赶来参观,不明真相的人还真以为是哪位总统的在华婚礼呢!

唐莺今天没有选择婚纱,而是选择了旗袍。旗袍很精致,行云流水的裁剪,含蓄性感的腰身,胸口盛开一朵玉兰花,溢着檀木香,使她的周身充满一种隽永典雅的东方韵味。华丽的边线,精巧的盘扣,似飞来一只蜻蜓,轻轻点开心底那一圈圈温柔的幸福。

唐莺总算在自己38岁生日的时候把自己嫁了出去,这迟到的20年似乎只是一场短暂的午睡。

这个女人退去了16岁时的青涩,平息了26岁时的彷徨，释然了 30 岁的焦虑，换来的是 40 岁的淡定眼神和从容微笑。在经历了人生百态，世间冷暖后，这笑容依然温暖纯真。

愈欣赏，愈懂欣赏。

每个女人都是上帝的天使，当她爱上一个人时，会甘愿折断自己纯白的双翼坠落凡间，一切都完美无瑕，所有人都应该为她们送上祝福，但是始终有一个男人会突然出现在岔道口，等她。

那是她命中的爱。

作为新郎的戴志强在这双喜临门的日子，送给了妻子一个意外的惊喜礼物——那瓶珍藏了 20 年的红酒。"这瓶红酒是我刚认识唐莺时，一起酿的，一直没有机缘喝。"戴志强打开了这瓶陈酿的红酒，并且用采摘下来的薄荷叶一一泡酒调味，接着真诚地倒给现场的每一个人。他大声告诉大家，这瓶红酒之所以保存到现在，就是希望大家可以见证两人这段真正的爱情，很庆幸，自己终于等到了这一天……

所有人都举起了酒杯，欢呼声此起彼伏。

艾小迪问于巴克："你什么时候向我求婚？"于巴克笑，一饮而尽。

徐珊珊抢话，说："你什么时候结婚得问我，因为于巴克的婚礼定金在我这儿呢！至于上什么菜，请什么乐队，订什么蛋糕，安排多少客人，都是我说了算。"

刘大象打断了霸道的老婆，真诚地端起酒杯向艾小迪祝贺，"于巴克是个好小伙，好男人就像好地皮一样，要果断出手占为己有，免得涨价。"

"去死吧，三句话不离本行。"艾小迪尖叫起来。

今天的艾小迪穿了一件粉蓝色长裙，浪漫唯美。淡雅写意的玉兰花飘落在丝质裙面上，叠衬着手腕上的绿松石手镯，印花手提包上安吉利亚·朱莉绽放着迷人的笑容，甜美宜人，恰似她此时的心情。

于巴克趁机吻住了女友，还好，老天爷给面子，自己总算在这一年内找到了一位结婚对象，自己的十万元定金没有打水漂。

面前的小伙子瞳仁乌黑，牙齿雪白，穿着一件棒球衫，一头卷发在秋风里微微飘动，鲜衣怒马，翩翩少年。

"算了，就是他了，自己认了吧。"艾小迪热情地回应，阳光下倒映出两个人甜蜜的剪影。

很久不见的马小帅也出现了，他怀里抱着一束灿烂的满天星。天啊，原来自己每次收到的满天星都是马小帅送的。

"满天星的花语是——永远是配角。"

"再见，唐姐，祝你幸福。"马小帅说完转身离开了，原来他一直感激和暗恋唐莺,但是悬殊太大,从不敢表白。

马小帅去外地打工了,他告诉唐莺自己一定会尽快结婚,好让唐姐放心。唐莺和戴志强望着他的背影,真诚地送上了祝福。

历史是一个故事,由胜者讲述,胜者主宰了所有细节,胜者是谁?野蛮的战士,疯狂的国王,贪婪的叛徒。但是在唐莺和戴志强相知相爱的这段历史上,善良和温暖充斥了所有的细节。

徐珊珊和刘大象也和好了,刘大象改掉了投机取巧的性子,夫妻俩一起经营那间连锁酒店,再次当起了"婚姻合伙人"。那天在这间酒店中,上演了本世纪最震撼的婚礼,唐莺被戴志强高高抛起,明亮的笑声仿佛穿透了天宇……

天依旧是那么蓝,风依旧是那么轻,可仿佛有什么正在改变着,那是我们欣赏美好事物的心态。人世间总有一些奇妙的缘分,使善良轮回,真情互馈,让相爱的人能各得其所。

此时,彩球萦绕的上空响起了那首久违的乐曲《万水千山总是情》,这首曲子一路见证了两人坎坷多情的情感。乐曲在斑斓的阳光中婆娑着,点点温馨倾泻下来,身姿温婉,轻轻流泻。

"莫说青山多障碍/风也急风也劲/白云过山峰也可传情/莫说水中多变幻/水也清水也静/柔情似水爱共永/未怕罡风吹散了热爱/万水千山总是情/聚散也有天注定/不怨天不怨命/但求有山水共作证……"

（全剧终）